犹记潇湘细雨时

——陈来散文集

陈来 著

山东画报出版社

图书在版编目（CIP）数据

犹记潇湘细雨时：陈来散文集 / 陈来著. —济南：
山东画报出版社，2025.6
ISBN 978-7-5474-4494-8

Ⅰ. ①犹… Ⅱ. ①陈… Ⅲ. ①散文集—中国—当代
Ⅳ. ①I267

中国国家版本馆CIP数据核字（2023）第183097号

YOUJI XIAOXIANG XIYU SHI：CHENLAI SANWEN JI
犹记潇湘细雨时：陈来散文集
陈 来 著

责任编辑 陈先云 王映映
装帧设计 李海峰

出 版 人 张晓东
主管单位 山东出版传媒股份有限公司
出版发行 山东画报出版社
    社 址 济南市市中区舜耕路517号 邮编 250003
    电 话 总编室（0531）82098472
      市场部（0531）82098479
    网 址 http://www.hbcbs.com.cn
    电子信箱 hbcb@sdpress.com.cn
印 刷 山东临沂新华印刷物流集团有限责任公司
规 格 148毫米×210毫米 32开
    9.5印张 55幅图 190千字
版 次 2025年6月第1版
印 次 2025年6月第1次印刷
书 号 ISBN 978-7-5474-4494-8
定 价 68.00元

如有印装质量问题，请与出版社总编室联系更换。

自 序

学术论文、著作以外的文字,多年来我也写过一些。这些文字大都属于学术杂文,其中与学界老先生有关的不少。如冯友兰、张岱年先生在世的时候,我就写过,他们去世以后也写过。又如我个人学习成长的历史,也写过。

最早把这些文字集结一起出版,是 2008 年在北京大学出版社出版的《燕园问学记》,回忆性文字占主要部分。今天回想起来,这本书好像是和北大的告别,因为次年我就转入了清华。后来 2012 年在北京大学出版社又出版了《北京国学大学》,内容主题与前书稍不同,思考北大教育精神的学术杂文占了重要部分。2015 年在中华书局出版了《山高水长集》,突出以回忆北大老先生为主。这几本书都和我在北大三十年的经历密不可分。

离开北大到清华,我的工作和学术开了新生面,屈指算来,也快十五年了。这些年,学界往来代谢,交往的老先生离世不断,同辈的友人也有走了的,这些同辈友人也都七十开外了。于是,所谓集中惟觉祭文多，这类文字就也写作不断。这次山东画报出版社又一次选编了我写的这类文字，在形式上可说是散文，就内容而言多是回忆。回忆的对象，都是我国文史研究的大家。与他们的交往，是我学术生活重要的部分，也正是在他们的帮助下，才有了我个人的学术发展和今天的成就，对于我自己，这些都是值得永远记忆的。对于读者，了解这些文史大家的各个侧面，应该也是有益的。

感谢山东画报出版社，感谢责任编辑陈先云女士。

陈来于京北御汤山

2023 年 7 月

目 录

1

陈来散文集

犹记潇湘细雨时

—— 我的大学时代

20 世纪 70 年代前期当工农兵学员、上大学，是我人生历程的重要改变。上大学的前前后后，酸与甜，苦与乐，都充满其中，至今记忆犹新。需要提醒读者的是，这里所谈的，纯粹是一点个人的经验，并没有什么代表性，把它写出来，只是为以后的人了解那个时代的丰富性提供一点素材而已。

一

"大漠三千里，黄水五百回"，这是我当年下乡在内蒙古巴盟（今巴彦淖尔市）河套以西的乌兰布和沙漠中所做的一首词的开首两句。青年时代，意气风发，1969 年春天，我离开母校北京三十五中，抱着"屯垦戍边"的理想，与本校的一些朋友相约

1

一起奔赴内蒙古西部的乌兰布和沙漠，参加刚刚组建的内蒙古生产建设兵团（以下简称"内蒙古兵团"）。内蒙古兵团于1969年1月组建，我们成为兵团的第一批战士，习惯上称"北京第一批"。我所在的一师四团，北临阴山脚下，向南延伸进入乌兰布和沙漠，横跨杭锦后旗和磴口县两地。我所在的连队位于全团的最南端，向南不到15公里是三团，东距河套的西端10余公里。在我们连，北京第一批来的知识青年，除了我们学校作为男校的同学，从老初一到老高三不等，还有来自在北京时与我们学校隔街相邻的师大女附中的同学们。我们的连队，距汉代朔方郡窳浑古城的遗址只有二三公里，站在我们的住处向东远望去，风化了的古城遗址是一个拔地而起的方形土包，傍临着北面一片海子，在落日的照耀下，显得奇特而非凡。多年之后，20世纪90年代中期，我才偶然看到北京大学侯仁之教授在1965年发表的有关乌兰布和与窳浑古城遗址的长篇论文，与记忆相印证，十分亲切。

在沙漠中开垦荒地，引黄灌溉，种植粮食作物，是我们"屯垦戍边"的日常任务，因此生活的磨炼主要是繁重生产劳动的"劳其筋骨"，和少油无肉饮食的"饿其体肤"。艰苦生活的磨炼，强化了体力和意志应对恶劣挑战的能力。我在内蒙古兵团的基层连队生活了四年半，其中有一年多时间是在附近的沙金套海人民公社"支农"。"支农"是当时所谓"三支两军"的一部分，内蒙古兵团是属于部队序列，连以上干部是现役军人，所以由现役军人二连王指导员和五连黄副连长率领我们一行十余人担任对周

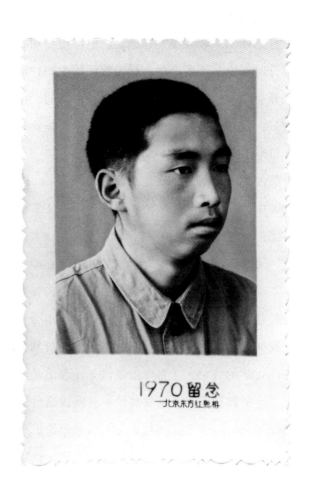

1970 年在内蒙古巴盟杭锦后旗照相馆

边人民公社的支农工作。工作的内容主要是开展所谓"清理阶级队伍""一打三反""学大寨"等运动。但即使参加支农工作，我的绝大部分时间也是不脱产的，和农牧民同吃同住同劳动，每天晚上组织开会学习。在内蒙古兵团的这一段时间，由于劳动和综合表现较好，我在连里做过班长、排长，排长是我在内蒙古兵团的那个时期男知青可担任的最高职务。

我在内蒙古兵团时期，劳动之余，很注意读书。除随身带去的范文澜的《中国通史简编》、游国恩的《中国文学史》等外，在1970年以前，我已读过列宁的《国家与革命》《共产主义运动中的"左派"幼稚病》《帝国主义论》；1970年在磴口的巴盟图书馆得到一本《马克思恩格斯全集》（第二卷），我非常高兴，因为其中有久寻未得的《神圣家族》。1970年庐山会议后，提倡学六本书，我又读了《共产党宣言》《哥达纲领批判》《费尔巴哈与德国古代哲学的终结》《自然辩证法》《政治经济学批判大纲》《工资、价格和利润》《反杜林论》。阅读这些书，加上在支农实践中的运用，自己感觉到在思想方法和理论思维方面进步不少。我那时还常常翻看《毛泽东思想胜利万岁》，所以毛语体一度对我的文体影响很大，直到后来念研究生的时候才逐渐转变过来。其他的理论书也读，空想社会主义者里面，魏特林的书论不平等的部分我印象较深。文学方面开始时喜欢三曹和白居易的诗，后来颇留意辛弃疾词，常翻看邓广铭的《稼轩词编年笺注》。也看过几本高尔基、茅盾的小说，但这一时期小说看得比较少，

1971 年春，在内蒙古磴口县沙金套海

因为我在中学和"文革"看过的小说甚多。此外，我还喜欢传记作品，当时内部出版的尼克松的《六次危机》、讲邦迪传记的《出类拔萃之辈》都给我很深的印象。我尤喜欢读梅林的《马克思传》，直到上大学后仍然常常读。

二

1972年，内蒙古兵团开始推荐知识青年上大学，这一年我们团进行推荐的时候，我尚未支农归来，所以没有参加推荐。这是兵团知识青年第一次有正式合法的机会离开边疆农村，回到城市，而且是以上大学这种人人羡慕的方式。所以，虽然这一年夏天每连只推荐了一个人，但这对知识青年群体特别是其中的精英仍造成一个很大的冲击。从前那种没有其他任何选择的、平静的"扎根边疆""建设边疆""红在边疆"的生活，一下子改变了。在新的选择面前，以前的誓言渐渐褪色而开始失去意义，青年的各种理想在新的可能面前纷纷跃动起来。我的两个朋友在这一年都被推荐上了大学。我在一首词中写道"同心数人去，当时已怅然"，反映了我当时的心情。我那个时候有点遗憾，因为我觉得，当时如果我在连里，被推荐上学的可能性就很大，可惜我却不在。这一年夏天，我在离家三年多后第一次回北京探亲，心情多少有一点沉闷，在河南干校的母亲给我父亲写信，说我总是以"塞翁失马，焉知非福"安慰自己。

1972 年，摄于温州照相馆

回到连队,在劳动和工作中,作为排长,我一贯以身作则,和大家一起天天挖渠、浇地。好在我有一个排部,里外两间,晚上学习方便,指导员还特别在大会上表扬我的学习精神。1972年底,我们已经知道下一年推荐上学要增加考试的分量,我的一些中学同学就从各地返回北京复习。不过我那时在连里也没有复习数理化,劳动之余,晚上在我的排部里还是主要看各种哲学社会科学的书。没有复习数理化的原因,固然是每天劳动,没有集中的时间;更重要的是,在当时连队生活中,每天宣传讨论的都是如何"扎根边疆",在这种氛围里准备考试的复习,会成为一种反讽:作为知识青年干部,天天组织大家学习,要"扎根边疆",自己却一心准备复习考试,回到城市上大学,这使我在道德上很难说服自己。

1973年推荐工农兵学员上大学,我作为本连唯一被全票推荐的人选上报团里,以我当时在团里的名气、表现,如果按1972年主要依靠单位推荐的方法,应当说,我上北京大学、清华大学那是顺理成章的。就理想的专业而言,我在1972年的时候已经把苏联人编的《政治经济学教科书》(第三版)看得很熟,因为这本书是毛泽东写过批注的,所以当时最想念的是政治经济学专业。但是,这一年文化考试也成为主要指标,由于我数学复习准备不力,按考试成绩排名录取,我被录取到长沙的中南矿冶学院自动化系。我接到团里的通知,知道自己没有得到回北京上学的机会,而两个候补的人却顶替年龄过线的人分到北京的高校,心情多少有些沮丧。

就我们兵团来说,当时工农兵学员的选拔的确是"百里挑一",

1972 年 6 月，
在南京雨花台

1972 年冬，在
北京中山公园

是很不容易的。对大家而言，那时能够被推荐上大学，离开下乡之地，绝对是求之不得的天大好事。而就我个人而言，这一年上大学已经是肯定无疑的，问题是能不能上一所自己理想的大学、理想的专业。从这个意义上说，我的心情和反应算是比较特殊的。

一个月后录取通知书下来，录取院系竟是中南矿冶学院地质系，这对我可以说是一个不小的挫折。本来录取的决定是高校招生人员和师团政治部门招生办的共同决定，高校招生同志回校后不能随意改变，我们团所有被录取的考生最后拿到的录取通知都和在师里团里的录取决定一致，唯独我的录取通知出了问题。团里政治处也觉得很意外，负责招生的张干事说要不你明年再上。连里的朋友也为我可惜。可是我想，如果因为学校和专业不是自己理想的选择而等明年，被别人说起来也不太好。所以我没有选择等待，1973 年秋天如期赴中南矿冶学院地质系报到。在我人生中的重要选择关头，我往往都是宁可选择避免外界的道德批评，而忽略实际的功利得失。但是，在行动上做出选择和在心情上保持平衡是两回事，在从北京到长沙的火车上，播送的是《到韶山》的优美女声，我的心里却总出现《红楼梦》里的那两句曲子："纵然是齐眉举案，到底意难平。"

三

中南矿冶学院（曾更名中南工业大学，现名中南大学）当时是冶金部几大院校之一，也是亚洲最大的有色金属矿业冶金研究和教学机构。科系齐全，有地质、矿山、选矿、冶金、特冶、材料、机械、自动化等，每个系拥有一座独立的大楼，它的校园当时在长沙是最好的。地质系拥有湖南省唯一的一级教授陈国达，粉冶专家黄培云则在20世纪40年代毕业于麻省理工学院（MIT），是著名学者赵元任的女婿。（1997年我第二次旅居哈佛大学，在赵如兰教授家看到中南工业大学的赠幅，问起她与中南工业大学有何渊源，才知道老校长黄培云是其妹夫。）我到学校以后更明白了，自动化系是当时大家认为中南矿冶最好的系，而地质系被认为是最艰苦的系。同情我的人都认为，有人通过走后门，用"掉包"的办法调换了我的专业，把自己的子女或关系换进了自动化系。报到之后，我登上学校后面的岳麓山，细雨绵绵，使得我的心情很难开阔，在山上套宋人词意，凑了一首小词，调寄《浪淘沙》：细雨麓山蒙，雾满石亭，低眉信扫尽秋容。红叶虽无落地意，何奈秋风？独步且徐行，漫踏林丛，遥闻山下有钟声。举目不及三丈远，只有桐松。"落地"本亦可用"飘落"，但"落地"的"地"指的就是地质系，这是无可改的。

上面所说的，涉及我在上学前和入学初的一段心路历程，从未与同学提起，所以我的大学同学都没有人知道，系里的老师也不知道。这件事本来也不必特别提起，因为没有什么代表性，算是特殊经验。下面言归正传。

从"大漠孤烟"到"潇湘绿水"，生活与环境起了根本变化。

长沙是一座古城，但我们那时对长沙的文化历史毫无理会，我们所知道的是，"湘江北去，橘子洲头，万山红遍，层林尽染，漫江碧透，百舸争流"。我们所知道的是，长沙是一座革命的城市，我们所参观的都是毛泽东早期革命活动的地方。不过特别值得回忆的是，湖南当时的农业在全国最好，我们的学生食堂，大米青菜，鸡蛋猪肉，样样不缺，商店里花生米等小吃都无票证的限制，不要说比当时北京有粗粮供应的生活要好，就是邻省广东的同学春节回家也是从湖南购买大量猪肉。仅从这个角度说，那时在湖南上大学也算是有口福的了。湘江的水有一种柔美的流动力量，夏天游泳非常舒服，与我从前在北京的陶然亭游泳池和京密引水工程的戏水不可同日而语。只是湖南雨多潮湿，常常连日细雨，中南、华南都是如此，这是我始终不能适应的。

那个时候上大学每日三餐由国家管，不交伙食费，学生助学金高者 4 元，低者 2 元。我是班长，经济条件在班里同学中尚属较好，所以没有申请助学金。但为了加强营养，我每天早餐在小贩那里买一个鸭蛋加餐，被一起从内蒙古兵团来的材料系女生赵某笑指为"鸭蛋先生"。学生生活很有规律，每天早上 6 点 20 分，宿舍外面球场上的扩音器开始播送"北京颂歌"，相当于部队的起床号，接着播放革命歌曲，"我爱五指山，我爱万泉河"，李双江的这首歌到现在仍然是我的最爱之一。然后我们迎着"新闻和报纸摘要"的广播从事各种晨练活动。每星期六晚扛着凳子去风雨操场看电影，星期天穿着回力鞋到体育馆打篮球，铁打不变的安排，这些是我在那个时代最开心的娱乐和运动。由于所有同学都是从农村厂矿来，大家都非常珍惜学习的机会，都很认真刻苦。同时，大家的学习生活还算是生动活泼，秩序井然。

四

根据"学制要缩短，教育要革命"的指示，大学学制当时一律改为三年。在 1973 年至 1976 年的三年大学生活中，我最大的收获，是来自我所谓的"鼓励自学的自由教育"。进校的第一个学期主要是补课，补中学数学，物理和化学则结合中学和大学内容补习。我那时用清华大学编的补课教材，用半个多学期，以超前讲课的进度，把全部中学的数学自学了一遍，概念非常清楚，做题也不困难。这说明对于理性成熟的成年人来说，掌握初中和高中的数学是比较容易的。我从家里带去的大学基础课教材，高等数学、普通物理、普通化学多是苏联人编写的大学教科书，翻译为中文，读起来并不顺畅。而且，每个人理解上的难点各不相同，即使是教育部统编的教材，也不可能适合每个人的特殊需要。我的习惯方法，是把每门课程的每个概念、定义和理论部分，都用自己认为易于理解的语言改述一遍，把难点要点阐明，写在笔记本上，代替教科书讲述不清楚的地方。这几乎是重写教科书的叙述文字，这可以说是我最早开始的文本解释实践。所以，所谓自学，并不是不上课，而是指自己的学习进度大大超前于老师讲课的进度。在三年里，所有的基础课和专业基础课，我差不多都提前半个学期到一个学期自学完成。理解在自学中已经完成，听课是验证理解和加强记忆，学习完全成为自己的主动性活动。从这个意义上，可以说，三年里的所有课程，从高等数学、普通物理到理论力学、材料力学等，我都是自学的。在这样的方式下，我的专业基础课可以说学得很好。（当然，也不是所有课程都适于自学，如化学。另外，在工农兵学员时代，课程设计和同学的意愿，都偏于实际应用，最明显的就是大部分同学对外语没有兴趣，认为到厂矿基层用不上，我们全班，算我在内，只有两个人坚持把专业英语教材学完，但那时没有收录机，教材也差，自学效果不佳。）

为什么有可能采取这种超前的自学方法呢？一个最重要的原因，是当时的课程没有考试，也不需要大量做习题，资质好的学生自然学有余力。这也是我称之为"自由教育"的缘由。这使得学习集中在理解能力的锻炼培养，而完全忽略做题技巧的重复训练。（想想看，没有考试，这对于学生是何等好啊！但这样的学习方式要以学生有学习的自觉性和主动性为前提，而这正是珍视学习机会的工农兵学员所不缺少的。）对我个人而言，三年的这种学习，主要是从理工科的角度全面训练了我的"理解"文本、分析概念的能力，这种能力其实主要就是逻辑分析的能力，和哲学的逻辑分析是相通的。这对我后来转向哲学和哲学史，起到了另一种训练作用。

这种自学教育方式自然有得有失，而我要说的是，这种没有考试、不用大量做题的学习模式，带给我一个重要的发展空间和可能性。

五

由于没有考试和作业的负担，从第一个学期结束的假期开始，我就着手大量阅读哲学、社科、文史书籍。当时图书馆的文科书开放仍然有限制，人的阅读兴趣也受到时代的限制，所以当时图书馆的书已大大满足了我的需要。上大学后，我延续了在内蒙古兵团开始的文科爱好，以通读《马克思恩格斯选集》和《列宁选集》为基础，从周一良的《世界通史》和敦尼克的《世界哲学史》开始，广泛借阅了各种人文社科书籍。大学三年中所读的书既多且杂，书名也难尽数。印象深的，是读希腊哲学史以后，看马克思的《数学手稿》，一下子就明白了。读了《德国社会民主党史》，我给同学讲《哥达纲领批判》，内容就比一般的解说要丰富。《资本论》第一卷也是这时开始读的，连带着也把于光远、徐禾的政治经济学书翻看一过。《汤显祖集》总放在枕头旁边，午睡前翻上几页。值得一提的是，当时学校图书馆一层左行尽头的阅览室，有"文革"以来出版的所谓内部书籍，有小说、传记、社科等类，并不公开书目借阅，但知道的人就可以从管理老师座位旁边的侧门进去选借，在阅览室内看。像苏联小说《你到底要什么》《多雪的冬天》，历史著作《第三帝国的兴亡》等，我都是在这里看的。

我忘记了自己是怎么知道的这个窍门，总之学生在那里看书的很少，除了我以外，只有冶化761班的一个女同学对理论问题有兴趣，有时在那里借书看。当时有两个刊物非常流行，一个是《自然辩证法》，一个是《学习与批判》。这两份刊物的特点是理论性强，可读性也强。我的经济条件不允许我多买书，所以像《学习与批判》等都是在这个阅览室看的，自己只买《自然辩证法》。当然，也买《战地新歌》。

就我们的教学计划和安排来说，当时都经过认真仔细地设计，安排给工农兵学员上课的老师都是非常优秀的有经验的老师。我现在仍能记起来的基础课、专业基础课以及专业课的任课老师，都是业务骨干，教学水平较高。为什么要配备有经验的老师担任教学呢？我想，一个原因是校系和教师对毛泽东主席教育革命路线的支持，主观上要把社会主义新型大学办好；另一个原因则是顾虑工农兵学员有经验，敢造反，怕工农兵学员提意见。当时宣传工农兵大学生有一个口号——"上、管、改"，意思是上大学、管大学、用毛泽东思想改造大学。就我们的实际经历来说，主要是"上"，没有"管"，也没有"改"。同学对老师是尊重的，老师也和同学一起参加各种活动，接触多，师生关系很融洽。但是应当承认，相当多的学员基础较差，虽然这对工科特别是与实际结合较密切的专业，在专业课学习方面似乎影响不大，但对于这些学员，由于基础课和专业基础课的学习没有深入把握，从长远的技术发展和创新能力来说，就会有问题了。

1976 年夏，与同学在中南矿冶学院大门口

在专业学习之外，对我个人有影响的，主要是"工农兵学员上讲台"。我在内蒙古兵团时，受时代风气的影响，长期自学哲学、政治经济学、社会主义理论，已有一定的基础。在1973年的第一个学期，政治课讲中国共产党党史，我写了一篇文章，较长，主要讲大革命时期对群众运动的态度。这篇文章折射了"文革"群众运动对我的影响，在今天看当然没有什么价值，但引起了同学和老师的注意。第二学期政治课讲哲学，老师就安排我讲了几次辩证唯物主义的认识论，同学的一般反应是我讲的效果比老师讲的要好。本来，我是大城市的知识青年，有较长期的自学经历，在思想理论水平方面当然不是一般同学可比的。由于上讲台的反响，更使得我在"开门办学"中被附加了一份兼任政治课教学的责任。所谓"开门办学"就是走出校园，让课堂与厂矿基层相结合，但每个班的实习去处不同，政治课教员却没有那么多。于是，1974年在湖南新化"开门办学"我负责讲《哥达纲领批判》，1975年在湖北黄梅"开门办学"我负责讲《反杜林论》。用当时的标准来看，我可以说是"又红又专"的一个例子，"专"就是专业课学习，"红"就是政治理论学习。所以，我后来转向哲学，绝非偶然。

我们上大学时期属于广义的"文革"，全国经历了"批林批孔"学习无产阶级专政下继续革命的理论"反击右倾翻案风"等运动，但就我们这样的在北京和上海以外的工科院校而言，这些运动对我们的学习计划影响不大。总体上说，我们所经历的这些运动，都不是疾风暴雨式的，而是毛毛细雨式的，和长沙的天气一样，这大概就是中心和边缘的不同吧。在我的记忆中，唯一一次真正"运动"到大家的，是一九七四年二三月的"反回潮"，各班都积极组织寻找批判的切入点，一时间校内大字报贴满了院墙，很有点"文革"初期的味道，其中印象较深的是猛批湖南大学招收的高中毕业生直接进大学的"师资班"。但这次运动仍在学校的各级领导控制之下，在不长的时间内即告结束。对于同学们来说，大家都知道学习机会难得，何况毛泽东主席也说过"学生以学为主"，所以此后对运动都没有什么热情。特别是，由于工科学生"开门办学"的时间很多，像我们1974年夏天在新化锡矿山，1975年春季学期在石家庄煤机厂，1975年秋季学期在黄梅地质队，1976年春季学期在桂林地质所，课程和任课老师也都随学生一起下去，很少有时间在校内参加运动。但国家大形势如此，运动自上而下，任何机构不可能完全置身于外，大学教育也不能不受到连绵的政治运动的影响，这是特殊时代环境的限制。对于这些运动本身，我都没有兴趣，但趁着潮流也看了一些相关的书，"批林批孔"中读《论语》，使我对孔子非常同情。1973年底看郭沫若的《十批判书》，也看杨荣国1949年前在桂林写的《中国古代思想史》，开始形成了一些与时论不同的有关古代伦理思想的初步看法。而这些想法就是后来我报考北京大学研究生时给张岱年先生写信的基本内容。

孟子说过："天将降大任于斯人也，必先苦其心志，劳其筋骨，饿其体肤，空乏其身，行拂乱其所为，所以动心忍性，曾益其所不能。"这是大家耳熟能详的话。就我个人来说，在内蒙古兵团的劳动可以说是"劳其筋骨，饿其体肤"，在长沙上大学可以说是"苦其心志，动心忍性"。我虽然没有受到什么大任，但这些当工农兵和工农兵学员的经历在我的人生中都有正面的意义。在内蒙古的社会实践中打下了人文社会科学的基础，我开始养成阅读经典原著的习惯；在工农兵学员的时代继续拓宽和发展了对人文社会科学的知识，而且经过比较系统的理解能力的训练，我提高了综合素质。这些可以说都对我后来的学术发展做了铺垫和准备。

大学毕业时，由本专业教研室支部书记李达焕老师和我一起，研究决定本班同学的分配方案，我放弃了留校和去国内本专业最好的科研单位，选择了华北会战指挥部。我在 1976 年 8 月大学毕业，一年多后，1977 年 10 月国家宣布恢复高考制度，随后 1977 年 11 月初国家又宣布恢复研究生及考试制度。1977 年 11 月我报考了北京大学 1977 级哲学系的研究生，后来 1977 级和 1978 级合并招生，考试延后，我在 1978 年 5 月参加研究生考试，又通过复试，被录取为北京大学"文革"后首届研究生，进入北京大学著名的中国哲学史专业学习，找到了真正属于我的地方。这样，我就在这一年实现了两个跨越，一个是从工科到文科的跨越，一个是从工农兵学员到研究生的跨越。1977 级本科生、1978 级本科生和我们 1978 级研究生都是 1978 年入校，当时的研究生依照"文革"

前制度，佩戴红牌，一切待遇视同教员，可在宽敞无人的教员阅览室学习，深为 1977、1978 级本科生所羡慕。1981 年我毕业留校任教，后又考取了北京大学首届文科博士生，1985 年获得哲学博士学位，成为北京大学首批文科博士。至此，我的学校学习的经历结束，开始完全转入大学教书的生涯。

2006 年 9 月写于哈佛大学旅次

读书与借书

　　在我自己的经验里，学生时代，是一个人与图书馆交往最密切的时期。不用说，最根本的原因是：没有钱，买不起书；宿舍挤，不方便看书。于是，图书馆便成了大家的"必争之地"。这个时候，又由于多未组成家庭，甚至连异性的朋友也没有，茶前饭后的时间全部给了图书馆。也只有在这种情境下的人才能体验到"泡"图书馆的快乐。不久以后，毕业，成家，也开始有了些买书钱，有了点居住空间，于是乎书架上的书渐渐增多，到图书馆的次数自然减少。特别是家庭的义务急剧加重，每次在图书馆停留的时间变得短暂，逐渐与图书馆也"君子之交淡如水"了。

　　我在1978年到北大做研究生，随即与北大图书馆结下了关系。我所研究的领域是中国哲学史，所需阅读及研究使用的经典及文献大部是古籍，用书大部分是线装的。我们北大图书馆所藏线装古籍（包括善本）之富，在海内外是极有名的，其中还有不少是名人的藏书，比如，我做研究生时，一次借得《二程遗书》和《宋元学案》，见题签乃是在北大做过校长的胡适之先生，上写明买自何处，准备用以校某某本子，中间眉批校记甚多，使得这些书籍更添了一层价值。这种例子可以说是不胜枚举，读书的后学，往往可以因此怀仰前贤之高风，激励自己的学习，取得一种特别的经验。

做研究生的时候，北大图书馆与我关系最密切的，要算是文科教员阅览室及其书库了。那个时候，西端一面立的是《四部丛刊》，转过来是《四部备要》，这两大套书是我最常用的，我后来出版的《朱子书信编年考证》就是在1979—1980这两年间在文科阅览室作的，那个时候，文科阅览室的"常客"往往都有自己的固定座位，这是一种习惯养成的默契。大约从1979年某时起，文科阅览室一进门第一排靠南窗的座位就不成文地归我专用了。我的右边是德语专业的刘立群兄，不管我们早或晚去，这靠工作台的两个座位总是我们的。我之所以要选这个位置，只是因为入库方便，不过，由于两套"四部"都在西墙，每天一取一还，要从西头到东头；加上我常携来由大台借得的线装书参校，闭馆时往来携带十分不便。所以，中午及下午闭馆时，我往往不把自己借的线装书带回宿舍，也不把"四部"放回原架，而是堆在我的用桌之上，待下一段时间来时再用。严格地说，这不合规定，自己的书应当带走，阅览室的书应放回原架。不过，幸运的是，阅览室的老师、同志们往往默认了我的做法，不愿为难常来常往的我。有时，也允许我把书放在柜台里面，这些无疑给我带来了很大的方便。她们对我的关照，我感念至今。

我常常怀念 20 世纪 70 年代末 80 年代初去文科教员阅览室作研究的那一段生活。这不仅是因为那里工作的老师们对我照顾有加，而且主要的，是因为坐在那里能获得一种其他地方难以获得的感觉：人不多，十分安静；四周立着大部成卷的书，造成一种特别的气氛，桌、椅的配合，使人坐下来十分舒服；桌面的宽大，特别适合作考证工作的人，摆开一堆书在上面，真是自在难得。

到了 80 年代前半期，我做博士论文时，情况有了变化。生活的单位不再是集体宿舍，而是"三口之家"，这样一来，加上我居住校外，与图书馆就只有借还的往来了。

80 年代后半期里，我在北大图书馆的活动领域从文科阅览室和大台转到了书库。入库找书确实是个大方便。入库的人不再把自己限制在某一已知内容的书，可以随手翻览，常常会有无心插柳之效，人所知之书有限，现在的书店卖书又只是"短平快"，入库观书可以增广书目见闻。有些书只知其名而不晓内容，在库中架上只略一检看目录即可了解梗概，同一类的书，经过短时间的翻检比较便可知哪些合用。如果一一办手续借出，就要费时费力多了。我的关于王阳明一书的写作，所以能在不长时间内完成，正是得力于入库检书的方便。

我自己的体会是，北大学者的学术成就，无不与北大图书馆提供给他们的图书条件密切相关。藏书的质量、数量及利用图书的便利程度在相当程度上决定了学者研究的范围、研究进程的速度和研究成果的深度、水准，是学者得以发挥并不断提高水平的物质基础。站在一个学者的角度，我的希望是，在新的时期里，北大图书馆将随着科学、文化的发展，继续保持自己的地位，并不断吸收国内外图书借阅管理的有益经验，为使用图书的人创造更为便利的条件。这可以说是北京大学学术水平能否保持发展的重要一环。

（原载《文明的沃土》，北京大学出版社，1993 年）

大师的小事

—— 我的研究生考试

对于一个北京大学的人来说，逢五逢十的校庆年，难免会碰上"我与北大"这个题目。这是个写不尽的题目。今年是北京大学的百年校庆，我已经写了几篇，略谈到北京大学的精神、北京大学的传统、北京大学的学风，其中一个意思就是强调大师对于大学的重要意义。可是我自己还没写到北京大学的大师，而且写出来的文字大都与"我"联系不多。于是，我就想起我与大师有关的故事。

这是两封信的故事。一般说来，我没有保存自己或者别人信件的习惯。不过，重要者除外。所谓"重要"，当然就是值得保存的了；而所谓值得，不仅是当时收到信时的心情所感，也是因为与个人的人生道路的转折有重大的关联，才有藏之久远的意义。在这些保留下来的信中，有两封是张岱年先生写给我的。学界的朋友都知道张先生是我的老师，不过，这两封信却都是他在还不认识我的时候写给我的。而这两封信对于我的意义，非比寻常。

1977年秋天，我参加冶金部地质司的工作组回来，在《人民日报》上看到恢复招收研究生制度的消息，精神不由得为之一振。没过几天，我便跑到北京大学，询问报名的事项。那个时候，研究生招生办公室设在四院的一个小屋，只有一位周老师，还是刚刚从昌平调回来的，招生简章也都没印出来。她和我谈了谈，最后说，你既然不是北京大学毕业的，何不考你们自己的学校呢？她的话，不用说，让我沮丧了好一阵子。

不久，收到了招生简章，我就"下定决心，不怕牺牲"，咬牙选报了北京大学哲学系中国哲学史专业的研究生。照招生目录上说，中国哲学史专业的研究生，由张岱年先生为首的指导小组作为指导导师。于是，借进城办事的机会，我钻到北京图书馆查书。在北海旧馆里借得张先生的《中国伦理思想发展规律的初步研究》，读后，觉得透彻明白，甚合自己的心思，快慰不可言。于是，一口气写了一篇文章，谈我对传统道德批判继承的看法。又写了一封信，说明自己的学习经历，一并寄给了张先生。

我既然敢报考北京大学的传统实力学科，那就表示我在知识基础方面是有信心的；但我原来是学理工科的，又不是北京大学毕业，所以要论"出身"，总免不了有几分心虚，让招生办的老师一说，更生出一些自惭和不安。所以，对于学工出身的晚生我来说，张先生不啻如泰山乔岳，是仰之弥高而不可攀的老先生。

27

我写了信去，主要是为了介绍自己，让先生对我有所了解。而在我，是绝不曾，也不敢奢望老先生回信的。

1978年4月，写信后不久，忽一天收到张先生的回信，中云：

陈来同志：

　　来信收到。你的文章暂为保存，以备评定成绩时参考。希望你努力准备。特复。此致

敬礼

张岱年

78.4.3

收到张先生的信，我真的是喜出望外，欢愉非常。照我自己的理解，以张先生的地位，本来并没有必要和义务给报考者回信。所以这回信本身，便是先生对我报考北京大学的鼓励，也是先生对我的文章和观点的某种认可。自从招生办的老师无意中"打击"了我的积极性以后，一直有点压力。张先生给我的回信，对我的鼓励，使我的精神得到了一种"解放"，对我的重要，是不言而喻的。于是，赶快表示感谢。1978年4月收到准考证，5月16、17两日考试。考完试，在等待公布成绩期间，我又给张先生写信，谈初试的感想。6月，复收到张先生的回信：

陈来同志：

　　来信收到。你的文章当为保存，

以备评定成绩时参攷。希望

你努力准备。特复。此致

敬礼

张岱年 78.4.3.

张岱年先生的回信（一）

陈来同志：

　　几次来信都已收到，因忙未能即复，请原谅！

　　中哲史初选名单最近即可决定下来，希望你努力准备，迎接复试。

　　初试你中哲史答得较好，而哲学课不理想，这次要注意。

　　不要过于紧张，要保持清醒的头脑。

　　即致

敬礼

张岱年

78.6.11

　　正在我忐忑不安等待成绩的宣判时，张先生的信又一次给了我鼓舞，让我"不要过于紧张，要保持清醒的头脑"。要知道，我当时只是先生素不相识的一个考生！而先生对我的关心爱护溢于言表。当时还没有发复试通知，但张先生的信中说"希望你努力准备，迎接复试"，无异于告诉我初试已过，取得了复试的资格。当时那种兴奋的心情，不是今天用语言可以表达得了的。6月15日北京大学招生办发出复试通知书，我接到通知书，一看上面的笔迹，即知为张先生亲自填写。7月10日复试，地点在俄文楼。我因为以前不是学文科的，初试前对文科答题的形式和题型一无所知，但初试之后，我已经心中有数；在复试之前，我曾模拟了二十几道题，作为准备。结果复试时抽到的两题，皆在模拟之内，

陈来同志：

几次来信都已收到，因忙未能即复，请原谅！

中哲史初选名单最近即可决定下来，希望你努力准备，迎接复试。

初试你中哲史考得较好，而哲学课不理想，这次要注意。

不要过于紧张，要保持清醒的头脑。

即致
敬礼

张岱年
78.6.11.

北京市西城区印刷厂出品 77.8.(1328)

张岱年先生的回信（二）

暗自欢喜。复试的方法，是先从卡片中抽题，准备半小时，口答半小时。我因题目在准备之中，便站在窗口瞭望，监考的姜法曾老师很觉奇怪。进去后对答颇自如，多年锻炼的表达能力亦有所表现。出来后我对自己充满信心。口试的场景，我至今依然记得，当时张先生主持口试，并且首先提问，当时我已经能体会到张先生对我的爱护之心。

考试前，心里有个避嫌的念头，不敢去看张先生。考完复试，趋蔚秀园拜谒张先生。这是第一次与先生面谈，先生宽和蔼然，极为可亲，告诉我已被录取。于是，我在 1978 年 10 月 6 日入册北京大学，佩戴红色校徽，开始了在张先生指导下的学习研究。多年以后，张先生还向人提起我在研究生考试前寄给他的文章："他（指我）对伦理学有体会，他寄给我的第一篇文章就是关于伦理学的！"至于我自己，20 年来，在学术上略有些成绩，总算是没有辜负老师吧。因有张先生的风范和自己的经历，我当研究生导师以来，对求考者的询问，一向亦每信必复，唯恐遗失了人才。

今年是北京大学百年校庆，我写这篇小文，是要说明，北京大学之所以为北京大学，其中重要的一条，就是因为她有像张先生这样不拘一格、爱惜人才的大师。

1998 年 3 月 2 日于燕北园

燕园道问学

—— 研究生学记

以下的这些文字，对我来说，也许过二三十年再写更合适些，但杜维明教授坚持认为有此必要，却之实在不恭，我也就只好勉为其难了。

昔孔子十五志学，三十而立，又说："后生可畏，焉知来者之不如今也？"南宋朱子注云："孔子云后生年富力强，足以积学而有待，其势可畏，安知其将来不如我之今日乎？"现代人研究学问，既不能十五志学，也就甚难三十有所立，实愧对孔子"可畏"之语。就以我来说，虽然已经年近不惑，可是于积学成德仍然无所立焉。

我在大学念的是地质系，研究中国哲学是后来的事。大学毕业后在一个地质研究所工作了两年，照理说，这个工作也不能算不好，但我的心思始终在文史一途。大学念地质系并非志愿，只是在"文革"特定年代，为了尽快离开农村不得已的一种选择。真正说来也不是选择，而是"分配"。所以，在我念大学的那一年，因大多数人还在"山"上"乡"下"接受再教育"，而我能上大学已被视为从"习坎入坎"变为"飞龙在天"，但自己脑子里常常出现的却是《红楼梦》里的那首《终身误》中的"纵然是齐眉举案，到底意难平"。这"到底意难平"正是当时未能如愿读文科的心境写照。入学不久，我在雾中登上学校背后的岳麓山，在山上曾做得二首小词，其中有一句"红叶虽无落地意，何奈秋风"，这"落地""何奈"几字正是指我当时不情愿念地质系的沉闷心情。

我下乡的时候是在所谓"建设兵团"，干活的大田距住处颇远，上下工每天在沙漠中往返三四个小时，大体上白天干活，晚上可以看书，所以四五年里也还是念了些书。读书的兴趣，受朋友的影响，是以文史哲为主，先念马克思、恩格斯以及列宁。马克思的哲学本来源自所谓"德国古典哲学"，特别是黑格尔，并不容易读，初读《神圣家族》《德意志意识形态》《黑格尔法哲学批判》，甚觉吃力。所以念过马克思著作对后来读德国哲学不无益处。我认为，学哲学的不管开始念的哪一家，都可以训练思维，虽然你可以赞成或者不赞成这一家的哲学，这正是"千蹊万径皆可以适国"。马克思和恩格斯的书我扎扎实实读了十几本，其实当时哲学系的本科学生也总是从教科书入手，马克思的原著未必念几本。不过当时我读马克思也并非要达到一个什么长远的目的，大抵是当时的社会思想环境使然。其他所读的就更无一定的计划，我下乡时带的书只有范文澜的《中国通史简编》、游国恩的《中国文学史》和一本《唐诗三百首》，所以基本上是借得到什么书就看什么书。后来，书籍的"解放"日渐发展，念的书也就比较杂起来。但总的说，文学虽也有兴趣，如汉赋喜欢宋、枚，唐诗偏爱元、白，但兴趣主要还是在理论思想方面。下乡的后期，对政治经济学尤有兴趣，也曾略下功夫，当时最大的愿望是到北京大学念经济系。

在大学里，因当时没有什么考试，专业课的负担并不重，所以我把相当一部分时间用来念文科方面的书。在农村时书的来源还是太有限，现在的大学虽然是理工学院，但图书馆和文史阅览室对我已足以资用。那几年念过的书既杂且多，也不必尽述，和思想史有关的，是将苏联人敦尼克主编的全套《哲学史》细读了一遍，获益匪浅。如那一年刊出马克思论微积分的《数学手稿》，号称费解，但我因已对希腊哲学有所了解，即从芝诺一派的辩证法很容易把握到马克思的思路。不过，那时在思想史上的兴趣，偏于欧洲，特别对早期共产主义、社会主义思想家很留意，如摩莱里、马布利、傅立叶及比马克思稍早的魏特林的书都一一读过。回想起来，大学那几年读的书大都是外国历史、哲学，中国古典方面却是很少，除了手头有一部新版的《汤显祖集》时常翻阅外，与古代哲学思想有关的典籍几乎没有接触过，这也许和当时书籍来源的限制有关。"批林批孔"时讲所谓"评法批儒"，解放了一批古典文献，但除了已加"批注"的《论语》外，我全未涉猎，读北京大学编的《儒法斗争史》和杨荣国的《中国古代思想史》

是我第一次比较系统地接触中国思想史。有一次听杨荣国讲"批孔"，翻来覆去不过是子见南子、阳货送猪肉，令人反感；"批孔"既然强调把孔孟之学作为封建主义意识形态来批判，在逻辑上与孔子人格是否完美毫无干涉。在这之前，我也看过郭沫若的《十批判书》，郭的文字我不喜欢，但观点上大体赞成，因而对毛泽东所谓"十批不是好文章"一说也觉得难以理解。在"批孔"的时候接触儒家思想，我经常意识到，自己是认同孔子和儒家伦理学说的。现在看来，这和少年时代所受的教育有关。其实，即使在1949年以后，除了"文革"强调"与传统彻底决裂"的时期外，传统文化的影响并未断绝。不仅"子曰：学而时习之，不亦乐乎"是小学课本必读的内容，儒家的教育思想、伦理原则还通过各种渠道对社会保持影响。我小学五年级的班主任经常在教室黑板上写一句古人格言，我清楚地记得，他第一次写的是"己所不欲，勿施于人"，这对我有十分深刻的影响，由此亦可见20世纪五六十年代民间教育的一般气氛。

1977年秋，中国大陆在"十年动乱"之后，宣布高等院校恢复研究生制度以培养学术研究的高级人才。在报纸上看到这一消息的一个星期后，我从位于北京东郊（通县，今通州区）的工作单位跑到北京西郊的北京大学报名。研究生办公室的周女士告诉我，她自己也是刚刚从十三陵北京大学分校调回来，上任只有一个星期，一切工作还未就绪。应我的询问，她说1977年哲学专业招生的专业是中国哲学史和西方哲学史，并告诉我各专业的指导教授名单、考试科目及参考书目等都还没有印出，她表示将尽快寄材料给我。中国哲学史和西方哲学史是北京大学传统的实力专业，曾在北京大学任校长的胡适之先生就不必说了，1949 年以后，北京大学哲学系聚集了汤用彤、冯友兰、朱谦之、黄子通、张岱年、任继愈、金岳霖、朱光潜、郑昕、贺麟、胡世华、王宪钧、洪谦、任华、周辅城、张世英等一大批杰出学者，中间虽建立科学院哲学所，以及后来北京大学内成立外国哲学研究所，人员颇有变动，但学术地位未曾动摇。1977 年中国哲学史专业领衔招生的是张岱年教授。张先生字季同，别名宇同，因他在 1957 年"反右"时遭受打击，外间人士虽多读过他的《中国哲学问题史》（又名《中国哲学大纲》），但少有知其人者。

我选定中国哲学，因是"半路出家"，所以先写信给张先生，讲明情况，并附了一篇我写的关于儒家伦理的文章。多年之后张先生还对人提起："他（指我）对伦理学有体会，他寄给我的第一篇文章就是关于伦理学的。"可见这一篇"习作"给先生的印象颇深。文章大意是反对强调所谓伦理原则的阶级性，从儒家伦理谈人类社会生活的普遍伦理原则，其中对曾受到批判的冯先生的抽象继承问题，做了较详的同情的分梳。张先生 1957 年已有《中国古代伦理学研究》一书，我写此文时已看过张先生的书，但并非"投其所好"，盖我自己的伦理认同本来即在儒家一面，只是将历年所思，一一加以辩证罢了。

不知什么原因，北京大学决定将 1977 年与 1978 年度研究生

北京市一九七八年研究生

准 考 证

准考证号：京字 512014

姓 名　陈来

性 别　男

单位盖章

一九七八年四月

报考学校（单位）　北京大学

报考专业　哲学

报考研究方向　中国哲学史

考试地点　北京市 北京大学

1978 年 4 月，研究生准考证

合为一期，考试推迟三个半月，招考专业也有增加。我因专业已经确定，并准备了一段时间，也就再未改变，尽管当时对经济学颇有点动心。由于我未正式修过哲学系的课程，各种课程的考试如何作答，全无所知，准备考试的方法殊不得要领。我一面熟读任继愈主编的《中国哲学史》，一面念中华书局出版的《中国历代哲学文选》（共七册）。后来有人问我如何能一下子就念懂古文，其实也未专门学过。小学、中学的古文课不算数，但我9岁即念《三国演义》《水浒传》《西游记》至烂熟，后来从《东周列国志》至《聊斋志异》及晚清诸小说，无所不读；下乡时有一位老兄手上有《古文观止》，也常借来诵读。加之《中国历代哲学文选》隋唐之前每有注释，因此文字上毫无困难。为了考试，我着实也下了实在功夫，到了临考时，不仅任继愈的《中国哲学史》各节义理了然心目之中，就连全书所引原始资料，也一一背诵过来。这个办法失之在笨，得之在实。5月初试完毕，张先生复书给我，说初试中国哲学史考得不错，望我努力准备，迎接复试。我知初试已通过，十分兴奋。根据初试题目的类型和路数，我自己又拟定了十几道题目。复试时桌上放数十张卡片，每张卡片一组题，卡片扣在桌子上，我翻开一张，共两题：其一是"张横渠如何批判佛老"，正是我自己拟定的准备题目之一，心中暗喜；其二是"关于公孙龙白马论的哲学分析"。每人准许准备半小时。我因资料熟于胸中，又已"押"中题目，仅用十分钟就将所需资料写在纸上，即到窗前眺望，监考老师觉得十分奇怪。复试时我感觉很好，很轻松。

编号：512009

北京大学1978年研究生来校复试通知书

陈来 同志：（准考证号 512014 ）

根据今年5月份研究生入学初试成绩，准予你参加我校 哲学 系 哲学 专业 中国哲学史 研究方向的复试。

来校时，持初试准考证和此通知书参加复试。

复试时间是一九七八年七月十日。

北京大学研究生招生办公室

1978年6月15日

1978年，研究生复试通知书

各研究机关及招生单位人事部门：

送上陈勇同志的研究生录取通知书、研究生新生入学注意事项和行李签等，请转交本人，并协助做好以下有关事项。

一、报到时间：新生凭我校签发的《录取通知书》于78年10月6日至7日前来北京市海淀区北京大学报到。

二、档案材料：研究生新生全部档案材料（解放军学生除外）转寄我校，请你处收到本通知后一周之内务必寄至：北京市海淀区北京大学人事档案室。

三、赴校路费：根据国务院国发〔1977〕112号文中附件《关于高等学校招收研究生的意见》中规定：录取后的赴校路费，国家职工由原单位按火车硬座或轮船最低一级舱位发给车船费，应届大学毕业生录取为研究生后，赴校路费由原毕业的学校发给，其他人员录取研究生后，因路途较远，家庭经济确有困难的，可持证明向所在县（区）招生委员会申请补助。所有新生赴校期间的食宿费行李托运费等，均由本人自理。国家职工录取研究生后，赴校路费，一律由原单位负责计发报销，到学校不再结算。

四、学生待遇：根据国务院国发〔1977〕112号文中附件《关于高等学校招收研究生的意见》中规定：研究生在校学习期间的待遇，拟暂定为：国家正式职工被录取为研究生后，在校学

— 1 —

1978年，研究生录取通知书

复试之后，第一次拜见了张先生，先生颇多鼓励，并告诉已录取。先生和蔼可亲，教诲深切，使我感佩非常。这一次研究生考试，对我益处不小。就以背诵原始资料来说，我后来的教书还常得力于此。有一次同学问我何以能够开口成诵，我说这也是当年考试所逼呀！另有一事值得一提，初试四门课，其中马克思主义哲学一门我的成绩竟距及格还差两分。想必哲学系研究生马克思主义哲学不及格是不可思议的，据说因我的总分较高，系里专门派人去查看了我的答卷，最后认定是紧张所致。假如当时因此不许复试，后来如何也就难以设想。其实我并非有意忽视马克思哲学，盖因我是从读原著下手，未曾念过艾思奇的教科书，自以为颇有基础，岂知题目全不凑泊，是以成绩欠佳。这一年报考中国哲学史的有二百多人，最后共取了十人。

入学时正是 1978 年金秋，所有男性研究生全部住在北京大学 29 楼，"文革"前称 29 斋，也是研究生住楼。"文革"前，研究生一律发给大学毕业生工资，在校内佩戴红牌（学生戴白色校徽），一切待遇，视同教职员。只是，依旧例，我们这些原来有工作的全由原单位发给原数工资。由于这一届研究生乃是十几年所积，同学间年岁差别甚大，多数已婚。哲学系中哲、西哲、马哲及数理逻辑 4 个专业共 28 人，其中 3 位是女性。老北京大学哲学系的毕业生并不算多，半路出家者却占大半。

初入北京大学，先去拜见张先生请问读书次第，先生告以循序渐进，由浅而难，义理固是重要，文字训释亦不可忽，令先就王先谦《荀子集解》细读之，盖荀子在难易之间，于打基础最为适合。于是到琉璃厂买来清刻本《荀子集解》逐日嚼读，并用红笔逐句点过。张先生又为大家开了一张书单，上列古籍清人及近人注本50余种，同学之中大概我念得最多，但也只念过三分之二而已。

北京大学作为培养高等院校师资的重要基地，是强调教学的。培养出来的研究生不但要有学术研究能力，而且要一出来就能上专业的课，这与社会科学院便不相同，因此朱伯崑教授为开"中国哲学史及资料选读"一课，每周八个学时，长达一年。必修的课程还有张先生开的"中国哲学史史料学""中国哲学史方法论"，以及佛教哲学、科学哲学、列宁"哲学笔记"等，黑格尔的"哲学史讲演录"、罗素的"西方哲学史"、威伯尔的"英文哲学史"则都采取自学与读书笔记的办法。我自己还选了"数理逻辑"集合论"历史唯物主义"。两门外语是英文和日文。这些课要在一年半内学完，然后做论文，学制三年。这些课中以朱先生的课最重，这门课本来计划以念《中国哲学史教学资料汇编》（下称《汇编》）为主。《汇编》是20世纪60年代配合任继愈主编的《中国哲学史》教科书编辑的，与《历代哲学文选》整篇选录的体例不同，采取语录类编的方法，便于教员备课教学，内容也比较多，先秦至隋唐已有八册。但因这套书当初印行有限，难以人手一部，所以后来讲成了朱先生自己的哲学史体系。朱先生资料精熟，据说仅次于张先生；尤重义理分析，得力于恩格斯不少。听他的课

43

很累，但收益甚多，有人说，只要把朱先生讲课的笔记做好，就走到哪里都可以讲课了。任继愈先生招的几位研究生也到北京大学来听张先生和朱先生的课。

先是十位同学共议注释王船山的《周易外传》，作为三年同学的纪念，后来多数同学没有兴趣，半途而废。不过朱先生的课念《管子》时，大家利用郭沫若、闻一多、许维遹合著的《管子集校》，校译了《管子》的一些篇目，倒还是很有意义。听朱先生那门课已经很重，故同学真正随课念完《汇编》的毕竟不多，而我因考试前已背了一堆资料在肚子里，故于《汇编》尚嫌不足，于是随朱先生的讲课进度，讲到哪位哲学家，即借其所著书来读。此种念法因随教学进度，有的也只能粗读，但比起《汇编》的片段，毕竟可以窥见全体，何况当时注重的是纯粹哲学方面。1949 年后，中华书局新印校点本古籍虽然不少，但 1978 年时已难买到，我们的用书一方面买自琉璃厂中国书店的旧书部，主要还是依赖图书馆。好在北京大学图书馆本来藏书甚丰，又加上吸收燕大藏书，足以资用。教员每人十张借书卡，即每人手上所借学校图书不得超过十本。日常从图书馆抱着几大函线装书，走在路上，常见人投来异样目光，大概不知此是何等"劳什子"，自家心中亦暗自好笑。一次借得《宋元学案》和《二程遗书》，题笺竟是胡适之先生。胡博士有一大批藏书在北京大学，有十几年一直保存在俄文楼顶层，大概在他过世之后，这些书也就并入大馆编目外借了。胡适这两部书的题笺大意都是说买自何处，准备用来校勘某某本子。胡适的字我很喜欢，他的藏书有题笺眉批的甚多。他藏书中佛教典籍的题笺眉批，楼宇烈教授近年已辑录不少，每有发现，即影印存录，再过几年也许可以出一本胡适藏书题笺眉批的辑录。《朱子语类》也是上朱先生的课时第一次念，当时关怀所在，是在纯粹形而上学方面，加以朱子书太多，也读不过来，但毕竟是将论理气心性鬼神及论周程张邵的部分念过。

第一学期过去之后，即酝酿分断代，即每人选定论文的断代范围，而分断代意味着分导师。旧例，导师挂牌招生，学生考谁的研究生，入校即由谁指导，是为该教授的研究生。但我们这一届是中国哲学史教研室几位教授集体合招，所以进校时谁也没有固定的导师，或者说全体教授都是导师。但划分断代后就确定了论文指导的导师。大家心中都要做张先生的弟子，我自然也不例外。我入校前多次与先生通信，已自列于门墙之内，先生对我也甚为关怀，入校后的往来也多于他人。但当时不少同学都报了先秦，我无意与人相争，即报两汉魏晋六朝。当时我的心思在中国古代哲学和自然科学的关系，为此在那一年暑假竟未回家（我家距北京大学不过五公里），埋头念"天文学教程"和"中国数学史"。哲学系另一位不回家在校念书的是梅京兄，他读书成瘾，后来在哈佛大学更有发展。暑假过后张先生告诉我，"你们的断代要调整"，通知我分在宋明，由邓艾民教授指导。宋明哲学我也喜欢，这一时期哲学性很强，而且宋明理学中有许多问题，在既有体系中并未说得清楚。我的兴趣本来偏在哲学问题上，先前是想利用我学过自然科学的有利条件，使论文做出比较突出的成果，此路既不通，自亦无碍，于是选定朱熹做论文。我对于朱子当时有两点基本想法：第一，在我看来朱子是一位头脑最清楚的哲学家，理性意识很强，又有文字辨释的功夫，所以他不会含糊其词，左右颠倒，讲那种矛盾的东西；第二，朱子学说就表面上看又确实有很多矛盾，那么，这些矛盾是真矛盾还是假矛盾？是朱子所讲的问题不同，层次有异，抑或是他老先生思想前后有发展？我在先前念《朱子语类》时即发现太极阴阳既是本体论的范畴，又是心性论的范畴，因而所谓太极阴阳的问题就不是单一的。又从前我念陈康先生的《巴门尼德斯篇》，对哲学家思想的前后变化发展印象颇深。事实上，这两点也是我后来做朱子研究的基本进路。

不过，邓先生指导我们（另一位学兄研究胡适），仍从先秦念起，要每人念过四五部原典再进入断代研究。我心中急于进入断代研究，所以很不情愿，但也无奈，于是选了《孟子》《庄子》《公孙龙子》《易传》及郭象。《孟子》自是参考赵注，念焦循的《正义》，《庄子》自然是看郭注成疏与王先谦集解，《公孙龙子》念陈澧的集解，《易大传》念高亨的注。要求是精读，每一家读毕要写读书报告。我的进度大体是三个星期念一家，写一篇一万五至二万字的报告，实际上是写一篇文章。为了尽早进入断代，这个进度是我自己安排的，比较紧张。不过我们从哲学史的角度看书，重点不在乎字解句通，而是在理论上加以分析。我的第一篇关于孟子的文章写得很长，邓先生认为不错；关于庄子的一篇，邓先生认为有两点看法近于罗根泽。当时治先秦的几位学兄都精研庄子，我把此文请他们看。皆称有特见焉。此文我加以修改后参加北京大学"五四学术讨论会"。郭象的思想我早即认为既非唯物，亦非唯心，既非崇有，也非贵无，乃写定一篇，先交张先生看。张先生批云颇有新意，并为推荐至刚刚创刊的《中国哲学史研究》杂志，未几，稿子退回，张先生说他们也未说什么理由。我猜想此文与传统唯物唯心二分之论颇有不合，其不见用，也情有可原，否则以张先生身为中国哲学史学会会长的身份向学会所属的《中国哲学史研究》推荐，本无不接受之理。于是又将此稿交给正在办《中国哲学》集刊的楼宇烈教授。我的文章本与楼先生所见不同，但他不以为忤，终载于《中国哲学》。在念上述几部原典的同时，邓先生还开一门英文的柏克莱哲学，并要我们细读康德的《未来形而上学导论》，还要我们翻译狄百瑞教授的《明代的个人主义与人道主义》。这一学期我感到十分紧张，常常头皮发紧，真有所谓头昏脑胀之感。

1980 年春算是正式归到宋明方面来，先将黄全《学案》两宋部分重新念过，然后各写一篇张载、二程报告。二程这一篇算是学年论文，邓先生评价不错；张载的一篇经修改后，1981 年 1 月发表在中国人文社科的最高学术刊物《中国社会科学》上面。这篇文章我一直以为写得不算好，发表在《中国社会科学》上恐怕也有些因时际会，但开创了在学研究生在《中国社会科学》发表文章的第一例，也不无意义吧。（值得一提的是，这篇文章的稿

47

北京 國泰照相 洗印
Cathay Studio

1980 年，摄于北京

费我作为纪念，送给了正在热恋的后来成为妻子的她。）二程作为朱子的源头之一，我也相当重视，但当时所思多在纯粹理论上，我是以天人合一思想从先秦到北宋的发展来研究，并比较了欧洲斯多葛派到格劳秀斯的自然法思想。当时正逢教学实习，我给哲学系学生讲濂溪、二程，即将这些意思加以申发，后来有两位女同学告诉我，她们竟以为我是学欧洲哲学的。

实际上，所有研究生中像我这般死读书、读死书的也并不多。本来大家年纪已大，心思不易集中，刻苦精神自是今不如昔，再加上成家的难免都有"难念的经"，未成婚的自然会有种种的约会和谈话。也确有些人有"魏晋风度"，如邻室的王宪钧先生的几位弟子，生活之愉快令人羡慕。一来据说搞数理逻辑的本不在乎书读得多少，从金岳霖先生起就不甚读书，只一心思考；二来这几位老兄也实在活泼，从邓丽君到迪斯科，音响放得常引起抗议，还常能约一些女研究生来学跳探戈。我辈念中国哲学的，难免有腐儒习气，像我自觉也够开放，欣赏邓丽君还可以被这几位老兄引为同道，可要说跳探戈，就只有望场兴叹、退避三舍了。为了减轻当时轻度的神经衰弱症，我每天下午去学太极拳，先学二十四式，即觉有效，这"无极而太极"的活动可能比较合于我们这念中国古代哲学的身份。也许外人并不如此看，只是我们自己的心理认同而已。

1980 年初夏，我全力投入准备有关朱子的论文。盖在此前，我早已决定做朱子的论文，从孟子到二程都是准备工作而已。

1979 年冬，美国密歇根大学的蒙诺教授访问北京大学，专门约我们几位研究生在未名湖畔的临湖轩谈话。临湖轩原为司徒雷登住所，倚于湖侧，掩于翠竹，极是优雅，现为外宾接待处。蒙诺问，社会科学院研究生多做宋明的题目，为何北京大学只有你一人做宋明？美国人以为此中隐含什么学术发展的动向。我说偶然性居多，如导师的专长和兴趣可能常常是决定性的，像社科院容肇祖先生专长即在宋明；而任继愈先生的几位弟子都做王船山的论文，是和任先生当时的兴趣有关；而我之选定宋明朱子，也并非有学术计划使然。他问我朱子所说"心统性情"如何解，我当时研究未深，亦无法明确回答，只是说此话出自横渠，朱子加以申发，其论亦不过谓心兼性情而已。这个回答等于没有回答，不过对方听说此语本出横渠，亦露出诧异的表情。其实我们那一年的论文题目是很多样的，如《论〈庄子〉〈管子〉》《张湛〈列子〉注》《严君平及〈老子指归〉》《郭象〈庄子〉》，有一位从先秦改为戴震的伦理哲学；也有做断代专题的，如进化论在近代中国的研究；还有做通论题目的，如程宜山兄。"文革"前程兄本是北师大历史系的高才生，"文革"中被分到河北农村教书。他不但极富才力，且所具有的现代物理学与科学哲学的知识令人惊奇。他做的题目是《中国古代的元气论》，几年前已由湖北人民出版社出版。我在刚刚划分断代时即已认定朱子为研究对象，虽邓先生令去读先秦诸家，但我已开始研究《朱子年谱》，将其节要抄录在笔记本上，盖原书中存录朱子文字太多，不必尽录。又借得李绂《朱子晚年全论》，将其所考结论亦一一抄录，时常检看，所以等到写完二程的报告，朱子一生行事已了然于胸中。

我一开始确定研究朱子，目的性就很强，心中早已定好题目，即朱子理气观的研究。盖听朱先生的课时我同时参看冯友兰、侯外庐先生的著作，即发现朱子既讲理气在先，又讲理在气中，又有逻辑在先的讲法。至于其意究竟如何，诸家各立一说，只取于己有利的材料。我研究朱子，必得解决此一问题。于是先将《朱子语类》《朱子文集》《四书或问》《太极西铭解义》诸书中论理气心性等哲学问题的语录，一一抄在卡片之上，每天从早至晚，在图书馆的文科教员阅览室里工作，经数月录完，但从义理上仍不得其解。因思朱子 19 岁中进士，24 岁从学延平，71 岁死去，其思想有发展变化。其实念《朱子语类》时我即注意到，卷一论理气诸条，讲逻辑在先的几条悉出于庆元之后，实属晚年无疑，疑其早年不如此。此即为一"大胆假设"，但须"小心求证"，乃以全部心力考证朱子，一个暑假全未休息。《朱子语类》为 140 卷，《朱子文集》为 120 卷，考证殊不容易，但科学研究必得如此。假定我们说"文集书札之排列皆按年秩"，根据这一点，如能断定答某人第一书为某年，则其第二书即使不能确考，亦可依文集编例推定在第一书之后。但"文集书札排列皆按年秩"这一结论必须全部考证过朱子书信后方能得出。也许考证结果是前一假定根本不能成立，文集各家书信的排列全无次序，则上一推定亦不能成立。又如《朱子语类》所录每条均有记录者姓氏，全书卷首有《语录姓氏》，说明某人所录在某年或某年至某年间。若张三所录唯在某年，则每条语录记录之年便不难见。若张三所录在某年至此后十年之间，则张三所录各条的年代就不易确定，这就须进行全面的考察，找出其他可以依据的规则来。我先动手做《朱子语类》的工作，做了一半忽闻《东方学报》有田中谦二本《朱门弟子师事年考》，借来一看，甚喜，《朱子语类》已不必做，复专做《朱子文集》朱子书信之考证。《朱子文集》所载朱子论学书信乃朱子哲学思想重要材料，数千封，我因已看过李穆堂全论，此种考证之法已知，年谱行事亦熟于胸中，于是将书信一一加以考订，中间查考《宋史》、《宋会要》、宋人文集、清人著述自不必说了。各种工具书在文科教员阅览室也还完备，如台湾编的《宋人传记资料索引》等亦皆有之。只是因没有索引，许多地方全凭人脑记忆，如某一书提及某人某事，记忆中有书以及此人此事者，即以之相互参证。考证结果共写满了六个笔记本。1980 年 10 月将笔记本所写抄在横格纸上，次年春又抄在稿纸上，计 20 余万字，题目为《朱子书信年考》。那一个时期因为太用功，眼睛常觉得难受，教员阅览室的《四部备要》《朱子文集》也快被我翻烂了。

1980 年秋，华东地区宋明理学讨论会在杭州召开，这实际上是次年在杭州召开全国宋明理学讨论会的一次预演。我随邓先生前往参加，借机对当时全国宋明理学研究的现状做一了解。1949 年至 1980 年，宋明理学的研究大体是在低潮，虽然研究的学者数量不少，但有一个时期他们把注意力放在用苏联人转述的马克思主义哲学史观解释中国哲学的材料上，且注重写通史，以致对宋明理学家专人的研究专著竟是空白。在这次会上，东道主拿出他们写的王阳明哲学的小书，请大家提意见。也是在这次会上，我听到了一系列撰写宋明哲学家思想专著的计划。我从杭州开会回来，北京大学的竞选运动已经热烈非凡，哲学系研究生已成两派分裂：以胡平为首的自由派提倡言论自由，另一派学友加以反对。北京大学亦有好几位女生出来竞选，走在图书馆的路上，女学生热烈激动地高谈阔论，使人想起"文革"初期，此亦一时热闹也。

有了材料的基础，我的论文写得很顺利，论朱子理气论之发展演变，从朱子早年从学延平说起，论延平关于理的思想对朱子的影响，中间丙戌、己丑之悟略为表出。盖我初下手研究《朱子年谱》时，即见王白田于两次中和之悟极为着意，而此一问题却不见做哲学史的人提起。因问邓艾民先生，先生却令我自求其解，故为详细考察。这一部分本写入论文初稿，后因为北京大学规定论文不得超过五万字，故而将那一段大部删去。然后做《太极解义》时的理气论，进而考察南康前后至《易学启蒙》的发展，朱陆之辩及守漳前后着墨颇多，而以庆元以后为晚年定论。大意以为太极解义时朱子理气观主要是一种本体论，后来发展出很大的宇宙论成分，晚年觉其矛盾，始有逻辑在先说，又以朱子理气观有论本源、禀赋之不同，加以疏解。论文答辩会除本校教授张岱年先生、朱伯崑先生、邓广铭先生、楼宇烈先生外，外请任继愈先生、邱汉生先生，以任先生为主席。任先生评语谓"有说服力、有创造性"，邱先生亦许"独辟蹊径，发前人所未发"。1981 年秋，我毕业留校任教，诸位窗友或在北京或分外地，一时散去。是时正值杭州宋明学会，我因办理手续，未能参加，在家中伏读钱穆先生《朱子新学案》。盖日本友人吾妻重二来自东京早稻田大学，携有此书，曾略翻看。一次与主编《中国哲学》的先生谈及此书，即约我写一书评，以加强海内外学者沟通，于是写成《朱子新学案述评》一文，载于《中国哲学》。这一篇文字据说钱先生看后尚觉满意，我于朱子确曾下了考证功夫，所以略能就此说上些话罢了。

中国自 1950 年以来一直未实行学位制度，50 年代学习苏联，曾有副博士研究生一说，即研究生毕业授副博士学位。但后来未真正实行，所以到我们这些"文革"后第一批研究生进校时依然是如此。不过质量标准是有的，教育部一直把达到苏联副博士水平作为中国研究生的质量标准。到了我们毕业这一年，宣布实行学位制，研究生论文合格者颁硕士学位，论文答辩时委员会投两次票，第一次决定是否通过，第二次决定是否给学位。哲学系基本上都给了学位，而有的系竟有三分之一未给。其实大家认为得一硕士已是吃了亏降了格，再有得不到的，其不愉快可以想见。实在说我们这一届研究生质量是较高的，因为大家年纪也大些，人生阅历和知识面较广，思考能力也较强。我们毕业的第二年公布了首批博士生导师的名单，北京大学哲学系是张岱年先生、黄楠森先生和王宪钧先生。王先生是王浩先生的老师，黄先生为系主任、马哲史的专家，张先生则执中国哲学史界之牛耳。有了博

1981 年，北京大学哲学系中哲史专业七八届研究生毕业留影，后排居中为陈来

毕业证书

研究生 陈来 性别男 籍贯 浙江温州 一九五二年八月廿日出生于一九七八年十月至一九八一年十月入本校 哲学 系 哲学 专业学习学制 三 年现已完成培养计划所规定的全部学习任务成绩合格准予毕业

北京大学 校长 张龙翔

（八一）京研证字第 62 号 一九八一年 十月十三日

1981 年，硕士研究生毕业证书

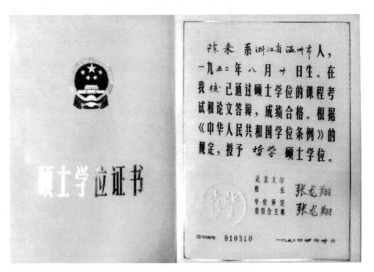

陈来 系浙江省温州市人，一九五二年八月廿日生。在我校已通过硕士学位的课程考试和论文答辩，成绩合格。根据《中华人民共和国学位条例》的规定，授予 哲学 硕士学位。

北京大学
校 长 张龙翔
学位评定
委员会主席 张龙翔

证书编号 810310 一九八二年四月廿日

硕士学位证书

1982 年，硕士学位证书

士生导师，表明要继续授博士学位，时刘笑敢兄、鲁军兄都决意报考，我在内人催促之下也决定一试。但招生名额只有两名，有鉴于此，鲁兄为成全我与刘兄，竟未报名，至今想起还是有些歉然。不过后来鲁兄与汤一介教授一起创办"中国文化书院"，弘扬传统文化，成绩斐然，亦可说变失为得。博士研究生考试也是四门，另加口试。北京大学第一届博士研究生文理科各四名，共是八名，这也说明录取是颇为严格的。

1982年，我教中国哲学史，教学中有时也发现些问题。一次教研室开会，我问张先生，"横渠心统性情"一语不见于张子著述，究竟出于何处？先生对横渠最熟，答云朱子言张子有此语，必有所据，或出自其《孟子说》，惜今已佚。又指示北京图书馆有一书《诸儒鸣道集》，中存横渠书若干，可去查看。到北京图书馆借得宋本《诸儒鸣道集》一看，乃是一种丛书，不仅收有横渠书，亦有濂溪、二程诸书，于是以通行的周张二程诸书去校。虽然张子之语仍无着落，但对《诸儒鸣道集》做了一番研究，有所收获。盖此书将朱子以前道学名著举收入之，其中不独《通书》据考版本最早，其《二程语录》竟与朱子所编《遗书》略异，显是出于《遗书》之前，其中《忘筌书》《圣传论》向来皆以为佚失，其实皆收于此集中。又考订此书集于乾道之初，乃吾国最早的丛书，因撰成文加以讨论。后因杜维明教授催促，发表在《北京大学学报》上面。

向来做朱子研究，有一事未决：《周子全书》集说引朱子曰

一九八二年攻读博士学位
研 究 生 准 考 证

编　　号 北大 911002

姓　　名　陈来

工作单位　北大哲学系

报考学科、专业　中国哲学史

研究方向　中国哲学史

指导教师　张岱年

考试地点　北京大学

填写日期　　　　1982 年 10 月 21 日

1982 年，博士学位研究生准考证

"太极生阴阳，理生气也"一条，语气甚明，于哲学关系不为不重，但这一句话不见于《朱子语类》（下文称《语类》）《文集》一切朱子撰述中。曾请问冯先生、张先生，皆云不可晓。1981年秋，中华书局标点《语类》，准备出版，请邓艾民先生审阅标点稿，邓先生即命我查北京图书馆及北京大学图书馆朱子语录存目。乃见有刊本叶士龙《朱子语录类要》（下文称《类要》），其中记录者姓名竟有九人不见于《语类》姓氏，邓先生疑其中或有《语类》所未载者，遂建议我检看，若有即可补于新标点本中。但此事甚苦，盖《语类》140卷，《类要》18卷亦不下千数条。若将《类要》中每一条对照《语类》检看一遍，不独《语类》要翻破，时间亦不知要几年。我先将《类要》中熟见的语录标出，然后将《类要》中的条目在《语类》中相近的主题卷中查找，最后将所剩的条目录出，反复诵读熟记心中，再从头至尾仔细翻检《语类》，一遍之后，将条目熟记一过，再从头翻检《语类》，反复几近十次，总算查得《类要》中有一百余条不见于《语类》，于是交与中华书局作为附录。但人脑并非机器，所剩一百余条中也许仍有《语类》未录者，但我当时已疲累非常，无力再查，即此结束。但心中总觉此事费力不讨好，思之再三，恐就此印出后，他日有日本学者在此基础上细加勘查，寻出一二十条来，岂不坏事？由此决意通知中华书局撤回附录，时邓先生意尚有不足，然我已决，也只得如此。此一番查对的过程中，我很留意向来找不到出处的一些文字，如前说《周子全书》所引一条，在查书时即甚留意，但终亦未见。

1982 年春夏，我在北京图书馆校《张子抄释》时，一日思寻《朱子抄释》出来一观。读《朱子抄释》，向来"理生气"一语出处不明之疑乃决，遂写成文。后陈荣捷老先生见此文，颇为表彰，实是愧荷无已。

我由教师又变为博士研究生，原工资照发，教研室的会不必经常参加，也没有什么特别的课程（英文有写作和口语的提高班），基本上专心做博士论文。往年做《朱子书信年考》，只考得文集正集的书信，一来因为续、别集的材料与哲学有关者较少，二来时间有限。现在既然有时间，即动手将续、别集的书信一一考证，并将正集所考重加审看。1982 年，我曾将《朱子书信年考》缩写成万多字的《朱子书信系年简目》，由《中国哲学》接受。但自那时以来，《中国哲学》因无财政支持，日见艰难，几乎两年才能出一本。学术著作出一本赔几千元甚至上万元，出版社不愿意出，也是事出有因，出版体制太死，没有活动余地，学者无可奈何，只得自认晦气，或另寻门路。《中国哲学》自 1979 年创办以来，是中国哲学史界水准最高的刊物，这也和它的容量大有关。一般杂志刊登文章皆在一万字左右，作者在引证史料和理论表述上都必然受到较大限制。《中国哲学》一向待我甚厚，其处境如此，令人叹息。1983 年在北京大学勺园见到来访的杜维明教授，他知我的《朱子书信年考》出版有困难，便建议我考虑到海外出，但当时正批"精神污染"，我未敢贸然应允。现在想来颇有些后悔，不过杜教授的好意我终不敢忘。

60

我从研究生起，朱子学研究方面的用力多在考证和史料掌握方面，这也是为了做好论文不得不然，但心思还在哲学问题和方法论上。考证功夫做久了也会成癖，我在北京大学哲学系教哲学史，自然不能完全走入考证一途，时常有意花些时间看外国哲学。同时，我希望我做的博士论文不仅要有实实在在的工作，而且在理论上应当有一个较大的突破。国内学者一般视朱子为一客观唯心论者，与柏拉图或黑格尔相近。以朱子与柏拉图比，并非毫无道理，与黑格尔比则相去太远，柏拉图的问题本身也并不那么简单。但我研究朱子，觉得从老子到程朱，这一类哲学的本体论很难说是唯心论，当然也不是唯物论，而且也不是二元论。这种本体哲学面对的真正问题并不是近代西方人强调的心物问题。这是一种特殊的哲学形态，难以用流行的西方哲学类型来比附。于是我提出一种新的解说，但新的理论必须考虑到不要与传统唯物唯心两分的哲学史观发生正面冲突，这样我就写了一篇文章，从老子、朱子哲学的形态谈起，发展出一种与时贤不同的方法论体系。在这个新的方法论中，唯物唯心的对立不再被看作永恒的普遍法则，而视为我所提出的普遍法则在欧洲近代的特殊表现方式。这一想法竟得到张先生的首肯，为此我很兴奋。盖 1979 年至 1982 年中国哲学史界在方法论问题上有大争论：一些学者提出中国哲学的基本问题并非恩格斯所谓"思维和存在"问题，认为哲学史基本不是唯物唯心两分，而是三分，认为三分才是真正的辩证法，反对以唯物唯心斗争为哲学史发展的基本线索；另一派学者则坚持恩

　　1984 年冬，北京大学博士生外语班合影，前排左三为外教邓永锵，后排左二为陈来

格斯论断的普遍性和有效性。我的主张则是力图避免直接的对抗，站在一个更高的普遍层次上来看问题，并把唯物唯心的对立作为一种特殊情形容纳在其中。1984 年夏，我在天津蓟州区召开的中国哲学史第五次夏季讨论会上讲了这个意思，未料到个别学者指摘我"出了圈"，弄得张先生也颇紧张。受了这一瓢冷水，我有些丧气，但又不甘心，只得将意思收起半截，另半截写在博士论文第一部分的小结里。

从前北京大学、清华大学哲学系传统不同：北京大学是唯心论，清华大学是实在论；北京大学是心学，清华大学是理学；北京大学重哲学史，清华大学重逻辑分析。1949 年以后合为北京大学哲学系，故今日北京大学中国哲学史一科实含两个传统。从 1949 年以后的情况看，哲学理论上都以马克思主义为准绳，但治哲学史方面，一是汤用彤先生代表的重视史料的传统，一是冯友兰先生代表的辨名析理的传统。而冯先生因 20 世纪 30 年代后俨然是中国哲学史的开山者，其影响自是更大一些。后来在我的博士论文答辩会上，朱伯崑先生说我是继承了北京大学辨名析理的传统，这本也不错。我自度所长，本是在此一方面，但我主观上丝毫未忽视史料考证和掌握，而用力则多在后一面；冯先生以哲学家之风治中国哲学史，不甚重史料辨证，此在今日很难仿效，这是我略不满于冯先生的地方。也许是自己资质太差，总之我的意愿是试图结合两种传统，庶几体用兼备而理事合一。我做博士论文大体是这个路子。

我的博士论文写了四个部分——理气论、心性论、格物致知论、朱陆之辩，每一部分又分为若干章，如理气论中有理气先后、理气动静、理一分殊、理气同异等章，其中理气先后一章自是由以前的论文改写而成。我的写法大体上是注重问题，不专门讨论范畴。我写的这些问题固然都是朱子思想的大题目，但也可以看出，我关切的还是从哲学着眼，故与哲学无直接关系的部分即舍去。这也和博士论文不能写得太长有关。后来证明，25万字的打印装订费用就已超过北京大学规定允许支付的限额了。表面上看，我做博士论文没有太大的困难，材料已充分掌握，结构也已确定，其实下笔甚难，每一个问题都殊费思索。因朱子哲学中几乎每一个问题都有不同的说法，若只照一路讲下去，如教科书所作，自是可以清楚明白，但等于自欺欺人。因而每个问题都须加以多方面的辨析分梳，里面有概念的问题，有角度和层次的问题，有思想发展的问题，总之没有一个问题是顺顺利利地写出来的。朱子讲话太多，他的讲法又常互有出入，"横看成岭侧成峰"，颇为复杂。另外，在每一部分都要做一个历史的考察，好在各节考证多少有些心得。1984年，我刚刚写完心性论一部分，一位日本朋友送我一篇论朱子学格物论的文章，其中有一处提到李退溪有"四端七情"说，这"四端七情"几字已足使我吃惊。我写朱子，已发现朱子心性论的矛盾，究其症结，"四端七情"正是其一。于是写信给日本友人，请他寄退溪论心性的材料来，这位朋友便将《四七理气往复书》寄给我。退溪称海东朱子，我们专门研究中国朱子哲学的，研究退溪不过顺手牵羊，并非难事。于是当下写就一篇论李退溪四七之辨的文章，也是登在《北京大学学报》上面。1985 年我获得学位后即赴筑波大学参加退溪思想讨论会，给的论文是讨论退溪对朱子学究竟有何发展，并指出四七之辨在朱门弟子已开先河，且以退溪比于南轩，盖韩国学者论退溪常有过头之论，以此稍得中庸之论尔。

1983 年，邓艾民先生患肠癌住院做手术。邓先生在教研室诸教授中身体、气色本是最好，突然发病，可谓不测。发病后亦自疑不治，时邓先生有两部未完成的著作稿，一是《传习录注释》，于日本学者成果多有采纳；一是《王阳明哲学》，当时已草有七章。一日我去医院探视，邓先生说，此病短期治愈，那是最好，如其不然，阳明哲学本拟作十章，余下三章就只好由你为补了。我闻此言大有人之将死意味，心下甚难过，但也只得应承，反复宽慰之。次年夏，邓先生竟至不起。邓先生在北京大学是比较偏于宋明研究的，这一来宋明学术研究即落于吾等身上，言念及此，难免有任重道远之感。博士论文的答辩很顺利，校外仍是任继愈先生、邱汉生先生参加，本校则是张岱年先生、朱伯崑先生、汤一介教授、楼宇烈教授（汤一介教授 1983 年从美国回来后，张先生不再做教研室主任，由汤先生任主任）和正在北京大学讲授"儒家哲学"的杜维明教授。因为这是北京大学有史以来第一个文科博士论文的答辩会，旁听的人很多，我虽然知道通过答辩问题不大，仍未免有些紧张。答辩时朱先生让我辨别朱子哲学与罗素中立一元论，这是针对我原来提出的修正传统方法论的思想而发。朱先生提此一问题，张先生面色微变。但我心知朱先生不过就此一问而已，何况我的"出圈"思想在论文中已收敛起来，故而从容应对，答辩顺利通过。临结束时朱先生笑着对我说："你是太喜欢朱熹。"杜教授在旁立即说："是同情的了解。"大概朱先生嫌我批判的分析不够。

博士论文通过后，我一面继续教中国哲学史课程，一面帮助冯友兰先生做《中国哲学史新编》（下文称《新编》）。北京大学的哲学史课向来分成上下两段，上段由先秦到隋唐，下段由宋明到"五四"。我这年安排在下段，所以先集中精力整理《朱子书信年考》。1982年北京大学制定古籍整理规划，此书列入其中，但当时师友皆建议改为系年之作。这次整理，主要的工作是调整体例，又细加考订一遍，大约花了一个学期，算是完成了这部朱子书信系年考证。就此，我的朱学研究也可以告一段落。这绝不是说朱子已无可研究，我当然可以研究一辈子朱子，做朱子专家，但北京大学无此传统。

有一次哲学所的辛冠洁先生对我说："你们那儿（北京大学）都是通家，我们这儿（哲学所）都是专家。"辛先生主编过《中国古代哲学家评传》等书，他的这种说法颇能表出大学与研究所学者的不同特点。在大学教哲学史，岂能一生只专一两家。冯先生自20世纪20年代末做《中国哲学史》，到今天仍做这个工作。张先生20世纪30年代写成《中国哲学大纲》，时年仅29岁，都

1985 年，北京大学文科第一位博士陈来的答辩现场。左起依次为陈来、楼宇烈、朱伯崑、邱汉生、任继愈、张岱年、杜维明、汤一介

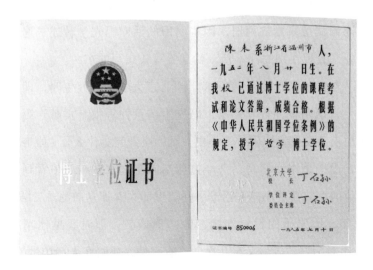

1985 年，北京大学博士学位证书

是"通"的一路，我自然也不能例外。此一"学"统是不可不继承，不过在断代上有所偏重就是了。这是我打算暂时告别朱子的原因。多年研究朱子，觉得甚能契合朱子思想，朱子神秘性最少，理性最强，其学说多与常识相容，学问博大精深，岂止仰慕，其为人行事，亦足以彰后来。生当今日，我虽不欲做朱子门徒，但于朱子，确有感情；而于象山，终觉有所不合，不知是何缘故。

从日本开会回来后，我一面整理朱子书信年考，一面帮助冯友兰先生做《新编》。此事教研室早已确定，只是我一直忙于别的事情。1985年在日本时，冈田武彦先生问我，冯先生现在能不能写自己想写的东西，意思是指冯先生许多年来都是言不由衷。其实，冯先生这些年每个时期写的东西基本上都是他自己当时想写的，故我回答说自然可以。一日见冯先生座椅后小凳上一叠书中有冈田武彦所赠的两册，因将冈田的话向冯先生转述一遍。冯先生说，我现在别的都不管，就是要写我想写的东西。

冯先生我早有接触。1978年到北京大学做研究生时，即去访冯先生，谈到董仲舒和儒家，冯先生谓董仲舒很有贡献。第二次去向他借英文的《中国哲学小史》看，谈到究竟什么是"唯心"。以后，由图书馆回宿舍，常经过燕南园，偶尔会在下午看到冯先生在他的庭院挪着小碎步活动，庭院里即立着那堂前的"三松"。1980年，因朱子的材料问题，曾向他请教，那时我见他精神比1978年时为好。以后又有几次，或有事情，或陪客人造访过冯家。冯先生写《新编》，20世纪60年代起一直是朱伯崑先生帮他的忙。所谓帮忙，是指与冯先生讨论提纲，冯先生写出初稿来再帮他看稿子、提意见。《新编》本在 60 年代已出到两汉，下面也写出不少。"文革"后期，60 年代的《新编》已经不"新"，须按儒法斗争的格局重新写过，而刚写完先秦，"四人帮"即已倒台，先秦两册又须再改过。到 1980 年才出版这两册的修订本，卷首即那篇论"旧邦新命"和"反思"的长序。以后到魏晋隋唐部分，由李中华兄帮忙，因中华兄研究郭象。隋唐以后，便由我来帮忙，这自是理有固然。我接手的时候，魏晋至隋唐刚刚誊写出，冯先生让我逐篇看过，以便了解他的思路。其实他的旧哲学史、60 年代的《新编》我上研究生以前都已读过，做研究生论文时因着力于朱子，更是把以《新理学》为首的"贞元六书"细细看过。冯先生的一切文字我平时也极为留意，盖此老先生出手即大家手笔，确与常人不同。所以实际上他的思想我不敢说十分了解，至少是毫不陌生。读魏晋隋唐的书稿本不过是为了熟悉冯先生的思路，但我只读到总论，便觉得有不少问题，大都与重要的哲学问题有关，于是第二次见冯先生即谈我的看法，相对谈了许久。待下一次去时，宗璞（著名作家，冯先生的女儿）对我说："我父亲说：'陈来到底是个博士！'"这可以看作冯先生对我的鼓励。冯先生有一个助手，来自辽宁，自愿放弃工作来帮冯先生的忙，并借此学习哲学，住在冯先生家，冯先生每月付他工资。工作程序一般是由老先生口述，这个助手记录，半天写作，半天读报纸杂志。写好初稿，冯先生的一位博士研究生先看过提出意见，然后交给我看。我比较注意资料，因冯先生年事甚高，看书已很困难，许多地方出于记忆，难免有差错的地方，必须帮他把关。至于思想、论点自然是冯先生自己的，但一方面可以提出前后逻辑是否一致一类的问题，另一方面，有些论点的成立是否有明显的困难，以及完全出于我与冯先生不同的哲学立场所提出的挑战，冯先生也都乐于一起讨论。一般我不会完全站在自己的主观立场上提意见，所以我的意见大都会被接受。由他口授修改意见，我写在稿纸边上，最后交助手誊清。冯先生是个哲学家，最喜欢讨论哲学问题，我自己对哲学问题也有很大兴趣，我既感觉到冯先生很愿意和我谈，也就常不掩饰自己的意见。比如冯先生写到宋代，批评朱熹支离，我向他提意见说，朱子可以批评，但说支离，并没有超出陆王的水平，您的批评应当比朱陆更高一个层次，冯先生表示同意。下一次去，冯先生很高兴，说："你上次提了意见，我又重新考虑，现在有了新的处理，改写的稿子你拿去看看。"我知道冯先生为我一逼，又有新的高招想出。冯先生年过九旬，可是思想不但十分清楚，而且十分灵活，一天也没有停止过哲学思维。每次见他，他都有新的思想出现，说"我近来又有一个想法""我近来对某某又有体会"，这常常令我惊奇不已。

我从学张岱年先生多年，又见冯先生，两相比较，使我想起陆象山的一句话："南轩似明道，晦翁似伊川。"这话是否准确可以不去管，以学问气象而言，冯先生似明道，张先生似横渠，倒是不移之论。今人论新儒家大概举梁、熊、冯、唐、牟诸先生。

海外对冯先生多有批评，但我看过这些批评，每觉与我所知的冯先生对不上号，所论少有贴切者。大概是对国内与冯先生的情况不甚了了，好像常把一些与政治有关的情绪"迁"到这些问题上来，缺乏真正"同情的了解"。新儒诸老，各家学问进路不同，吾人不必去论，然宋明儒者最讲圣贤"气象"与"境界"，其他诸老我无了解不敢妄论，不知真当得起"道学境界"的能有几人。我观冯先生境界实有过人者，若非其学问修养所积，实难臻此。前年金岳霖先生故去，冯先生写一篇文章纪念金老，写好我看，见其结尾处说金先生可称是"晋人风流"，我即说您正是"道学气象"，冯先生抚髯微颔之。1984 年，北京大学为冯先生开从教 60 年纪念会时，冯先生念了他写给金老共勉的对子："何止于米，相期以茶。"当时梅贻琦夫人也在。1985 年 12 月，北京大学为冯先生举行 90 寿辰庆祝会，前一晚由冯先生在海淀全聚德宴请亲朋好友及教研室同仁，我赠的一副对联挂在冯先生正座的右首上。盖前一星期我对冯先生说："先生大寿，我写了两句不成文的东西。"冯先生说："念来。"念毕，先生说："大体是很好，但下联最后一句尚嫌有未工处。"我说就请先生在上改一改，冯先生沉吟半晌，在纸上改移了几个字。这对联是：

极高明别共殊觉解真际心通天地有形外

道中庸任自然后得混沌意在逍遥无尽中

71

上联讲学问，下联讲境界，据说冯先生颇为满意。往年张奚若说冯先生"心气和平，遇事乐观"，这两条并非常人所易能。三十多年来，他常常受到批判，但总能不滞于心，而且从不消极。杜维明教授说他拒绝放弃哲学思维和发言的权力，确实如此。"文革"中毛泽东曾有保护翦冯之说，翦伯赞自裁之后，"红卫兵"一时紧张，上门来做冯先生的思想工作，但又不好明言。冯先生一笑说，就以我受的儒家教育说我也不会那么做。"文革"中哲学系"二冯"首当其冲，冯定年纪小于冯先生，但"文革"后身体极差，几乎起不来。不少老马克思主义学者，听到要受批判，精神顿时为之一垮，甚至陡然瘫痪。冯先生曾指出此中缘由，意谓皆是内心承受外来打击的力量不够使然。冯先生处"批"不动，正如伊川晚年，非舍后如此，乃达后如此，实是他对道学精神境界的修养有受用。有人问冯先生是否喜欢道家，他说："我喜欢道学。道家太消极，儒家功名心又太强。"其言盖有深意在。人无完人，无论如何，他是一个地道的道学传统的哲学家。我的学问本受张先生影响最大，自见冯先生后，觉更开一新境界。

一般认为，张先生是真正的哲学史家。冯先生喜欢借哲学史讲出自己的道理，张先生则推崇太史公"好学深思，心知其意"，强调尽力准确地理解古人的"其意"。但张先生早年也是哲学兴趣最大，受其兄张申府的影响，服膺英国的实在论和分析哲学；后受新哲学影响，欲演成一套分析的唯物论；于中国哲学，尤注重表彰固有的辩证法思想和戴震、"颜李"的实学精神。20 世纪

50年代中期，他写的关于中国哲学的文章很多。1957年被划为"右派"，遭受打击，"四人帮"垮台后方恢复名誉。自那时以来，他连续三次被推选为中国哲学史学会会长，在中国哲学史界可称是"泰山乔岳"。他对整个中国哲学的掌握可以说到了精熟的境地，平生最推崇张横渠，所写文章资料丰富，义理深微，辨析明细，加上待人笃诚，平易谦和，奖掖后进尤不遗余力，平素济人困难也常传为佳话，其道德文章，学界无人不称道。先生平时脾气最好，我见先生发作脾气是在两次论文答辩会上，若有人对张先生的学生提出疑难，先生便不快，有人戏称先生"护犊子"。每思及此，亦觉有趣。我做硕士论文虽非张先生指导，但往来问学反多于他人，我最先发表的两篇论文也是受先生的大力推荐，以故当时刘笑敢兄谓"人皆只有一个先生，独你有两个先生"。后来我跟张先生做博士论文，正式从先生学，实在也不是改换门庭，只不过早有其实，后补其名罢了。

近两年来，精力每难集中，被外间扯东拉西，所写的论文也多不在两宋。本来我因做朱子论文，两宋思想用功颇多，不但北宋五子必定研究，与朱子前后同时之胡五峰、张南轩、吕东莱、叶水心、陈同甫等亦颇留意。陆象山更不必说，写朱陆之辩时《陆象山文集》至少看了三遍。朱门弟子北溪、西山、木钟、勉斋皆略曾用心。有人劝我写两宋哲学史，这对我虽非易如反掌，也算是轻车熟路，但我并无兴趣。我素来爱读难读之书，研究未曾研究的问题，发人所未发之论，只是常叹才力不足，难以有所成就耳。

现在的兴趣，比较偏于明代的王学。

我有时也想，成人之道自不唯在儒，然人于道问学之外，必须有真境界，宋儒"浑然与物同体"一类话头，朱子已嫌其太高，但《定性书》所论确非神秘主义，此一种"心地功夫"对人生实有意义。涵养进学，两轮两翼，时代虽殊，其理则一，唯在人识与不识耳。反思既往，自己学问用功，得非亦缺此一截功夫？容再思之。

（原载中国台湾《当代》，第 19 期，1987 年 11 月）

岂弟君子，教之诲之

—— 张岱年先生与我的求学时代

　　我最早读张岱年先生的书，是在 1977 年秋天。当时报考了北京大学哲学系中国哲学史专业 1977 级的研究生后，招生办公室寄给我一份招生专业目录。我从目录上了解到，中国哲学史专业是由张岱年先生领衔的指导小组招收研究生，于是就利用进城办事的机会，到北海旁边的北京图书馆去找张先生的书来看。我找到了张先生的《中国伦理思想发展规律的初步研究》，见其中引用列宁关于"公共生活规则"的话，以论证道德的普遍性和重要性，与"文革"和"四人帮"时期的反传统道德的宣传完全不同，觉得精辟透彻，很合自己的想法。于是就写了一篇较长的文章，谈我对道德的批判继承的看法，连同一封介绍自己要报考研究生的情况的信，一并寄给了张先生。后来 1977 级研究生考试推迟，与 1978 级合并，在 1978 年5 月初试，6 月复试。在这期间我给张先生几次写信，张先生也给我回过两次信。通信的内容与过程，我在 1998 年纪念北京大学百年校庆时写过的一篇文章中有详细记述，这里就不再重复了。（详见本书《大师的小事——我的研究生考试》）

1978 年 6 月复试之后，我前往蔚秀园拜见张先生。这是我第一次见张先生。张先生非常和蔼可亲，告诉我已被录取，张先生和我的师生关系，从此开始。顺便说一句，因为我的舅舅从前是北京大学数学系的研究生，我自然知道北京大学从前对老教授是称"先生"的，所以尽管"文革"中师生关系变化很大，但从 1977 年冬第一次给张先生写信开始，我一直都是称他为"张先生"的。在我们入学的时候，有不少同学是称张先生为"张老师"的，后来经过一段时间，大家才都称先生，没有再称老师的了。

一

1978 年 10 月入学后，第二天即往张先生家，请问读书之道，张先生让我先读《荀子》。他说："《荀子》在难易之间，从《荀子》开始最好。"于是我就按张先生给我开的书目，跑到琉璃厂中国书店，买了一部线装的王先谦的《荀子集解》，自己用红蓝铅笔逐卷点过，并从图书馆借得郝懿行的《荀子补注》参比对看。在第一年里，张先生为我们讲授"中国哲学史史料学""中国哲学史方法论"两门课，大家都觉得受益很大。由于我入学前已经和张先生几次通信，又已经拜见过张先生，所以在第一年里，我常常去张先生家受教，先生循循善诱，非常平和亲切。据我所知，当时其他同学都远没有我和张先生的交游来得密切。

到了1979年夏天，第二学期末的时候，张先生作为教研室主任，要我们十位同学各报自己的志愿研究方向。我们中国哲学专业的带研究生的方法是：研究生入学第一年不分导师，集中修课，到第二年按自己志愿的研究方向由教研室来确定论文指导的导师。入学时大家都已经知道，冯先生还在受审查，在冯先生之外，张先生是全国最有威望的老先生，所以都想着分到张先生名下。由于张先生讲史料学时特详于先秦的部分，大家又都认定张先生肯定带先秦的方面，所以十个同学有一半都报了先秦。我这个人一向内心清高，素来不愿意和别人争，也不想先去走张先生的关系，于是我就报了魏晋。暑假过后，张先生对我说："你的方向要调整一下。"确定我的方向为宋明，由邓艾民先生指导我的论文。结果张先生指导四名，邓先生指导二名，朱先生指导三名，冯先生指导一名。张先生对我的研究方向的这一调整，对我后来的学术发展起了决定性的作用。

1979年夏，当时大家都在考虑申报的研究方向，同学吴琼是老北京大学的，对系里的情况比较了解一些，他当时显然在琢磨，他对我说，张先生和冯友兰一样，主要的长项还是研究宋明。我那时也没多想，见大家急急忙忙都要报先秦，我就报了魏晋。暑假，我就借来天文学史的书看，准备研究魏晋时代的哲学和自然科学的关系。那时马哲专业的梅京暑假也在学校，见我房间人少，就搬来我们房间住。他准备出国，看的都是英文，我看的都是科学。

　　暑假后，教研室决定我和吴琼跟邓艾民先生做论文，我的方向定在宋明，吴琼定在近代。吴琼和邓先生在"文革"中同为难友，他和邓先生很熟，习惯称邓先生为"老邓"。我选定宋明以后，很快就决定做朱熹。事实上，我在1979年春天的学期里，上朱先生的课时，曾借了《朱子语类》来看。当时就觉得，朱熹讲理气，有些话是矛盾的，猜想这些话可能前后时代不同。所以方向定在宋明后，我就想来研究朱熹的这些不同的说法，找一个解决的方法。吴琼看我选做朱熹，说："你是不是想要借这块肥地？"我当时不太明白他的意思，后来我大概明白一些，他是说我看邓先生研究朱熹，所以也选此题目，可以利用老师的已有成果做基础。其实那时我也不太了解邓先生的专长，邓先生在朱熹研究方面也没有什么论文发表，我是按我自己的问题和兴趣选的。

　　我的研究路数也与传统不同，我一上来是从朱子年谱入手，每天细读《朱子年谱》。我还记得有一天人民大学的青年教师姜法曾来我们寝室，看我读朱子年谱，他说他也在读。当时我看到王白田的《朱子年谱》中对丙戌和己丑的中和之悟特别着墨，但不太理解其中所谈的问题，又找不到其他参考资料，就写了一页的问题，请问邓先生。不过邓先生并没有回答我的问题，要我自己研究。我对邓先生说了我想研究朱熹哲学思想的演变，请问有何书可参考，邓先生想了一下，只提了李穆堂的《朱子晚年全论》。我在图书馆借了此书，但其中都是论涵养功夫的资料，并没有我所关心的理气的资料。朱熹的哲学资料主要是两大块，即《朱子语类》和《朱子文集》。就《朱子语类》的资料而言，要确定其年代，需要先确定每个学生跟从朱熹学习的时期；那时我也看到了《东方学报》上田中谦二的《朱门弟子师事考》，语类的问题基本解决了。因此，我就在图书馆每天发愤读《朱子文集》，想自己来解决文集的资料年代的问题，其中最主要的困难是文集中论学书信的年代的确定问题。论学书信中涉及理气问题的，并不很多，但要有理有据地说明其年代，最好把全部书信都一一考证过。这个工作前人没做过，日本学者也没做过，工作量比较大。但我那时年轻有精力，记忆力也强，所以就花了一年时间，将《朱子书信年考》基本做成，先写在了六个大笔记本上，以后又抄在稿纸上。

我的论文由邓先生指导，我就选了朱熹作为论文的主题。不过，虽然论文由邓先生指导，我和张先生的授受关系仍一如既往，我依然常常到张先生家问学受教。记得那时每次到张先生家前，都先看张先生的《中国哲学大纲》，以便提出问题请问，张先生除了回答问题以外，也常谈一些学术动态，偶尔也谈及前辈如熊十力的言行。当时我们已经知道张先生写过《中国哲学大纲》而署名宇同，但坊间并无售卖。我那时天天在图书馆二楼教员阅览室看书，那里有张先生的这部书，而且借阅方便。初读这部书时许多地方不能理解，所以常常就此书中的提法请问张先生。

这个时候我也开始写些文章。1980 年 3 月，我写了一篇论郭象的文章，意谓郭象既非贵无论，也不是崇有论，而是自然论，写好后送张先生看。其中我在一处引郭象的话"君臣上下，手足内外，乃天理自然"，然后说此语开宋明理学之先河。张先生在此处批注说："宋儒天理从《乐记》来，不是来自郭象。"张先生在文章最后写有批语半页，现已不能复忆其全部，大意谓"文章颇有新意""写得很成熟""可以发表"等。于是我就将此文修改后投稿给《中国哲学》，后获发表。5月又写成一篇论二程的文章，文章后部讲了二程和朱子的理论关系，也用了自然法思想来比论天理思想。给张先生看后，我投稿到《中国哲学史研究》杂志，杂志的张绍良同志还跟我交谈一次，但因后来要发表我的关于张载的文章，所以二程的文章退给我，终未发表。7月放暑假，临放假前到张先生家，谈及学术动态，张先生提起最新的《中国社会科学》上论张载的文章，我就借了这本杂志和其他几本杂志回家去看。

在我们念研究生的三年里，张先生从我们入学起，不断送书给我们。这些书或者是他写了序言的，或者是他参加编写的，如《荀子新注》《张载集》等。《张载集》的序言是张先生写的，张先生对张载思想资料的分析严谨平实，细致入微，所以我们对张载的看法无不受张先生的影响。我那时在张先生的指引下，也去图书馆找张先生20世纪50年代发表的文章学习，因为那时结集的《中国哲学发微》还未出版。如我就找过1954年《新建设》上张先生论船山哲学的论文细读过，但当时不太能把握关于船山的观念和分析。我也找过 1955 年《哲学研究》上张先生论张载哲学的论文，看张先生辨析精当，深感佩服。我那时最佩服的是张先生 1956 年写的《中国古代哲学中若干基本概念的起源和演变》《中国古典哲学的几个特点》，我学习和掌握张先生的治学方法，是从这两篇文章开始的。

我看了《中国社会科学》上论张载的文章后，立即觉得有可商之处，于是就在暑假写了一篇文章与之商榷。假期中，我将文章交给张先生看，张先生看过基本没有修改，说："很好，一定发表！"于是张先生就推荐到《中国哲学史研究》，很快便确定发表。不久，《中国社会科学》知道此事，何祚榕同志来北京大学要去此文，看后商定还是由《中国社会科学》1981 年第 1 期来发表。我的文章是从我当时所理解的学术观点来回应把张载说成是二元论的观点，并在论点和资料上有所发挥。由于我的思想受张先生影响较大，所以当时《中国社会科学》杂志社的主编审查意见中有一句"作者把张岱年同志的观点表达得非常清楚"。其实，我当时主观上并不是要用张先生的观点去反驳不同意见。据 20 世纪 80 年代初在北京大学进修的日本学者关口顺告诉我，这篇文章发表后，受到日本学者的注意，我想可能因为这是年轻学者第一次在《中国社会科学》上发表论文的缘故。有关张载自然哲学的看法，我至今未变，所以这篇虽属"少作"，我去年仍把它编入我的《中国近世思想史研究》。这一年 9 月，为了帮我解决当时在做朱子书信考证中遇到的困难，张先生还给我写介绍信，去拜访请教历史系的邓广铭先生。

由于我和张先生的关系，所以同学刘笑敢说："别人只有一个先生，只有你有两个先生。"事实上我同张先生的往来授受关系，要比同学知道得更为密切，我顺利走入学术界，完全是张先生的不断提携推荐促成的。

二

1981年秋毕业，本专业同学中只有我留校任教。当时张先生让我开外系的"中国哲学史"课程，并给我一年的时间备课。我大概用了半年，已经大体准备好。后来讲课的情况尚好，张先生还介绍刘鄂培同志来听我的课。

1982年春夏，我因备课已经有了规模，就继续我的朱子研究。在资料问题上，我遇到疑难处，也常常会去问张先生。1981年春天，我一次去问张先生，侯外庐等的《中国思想通史》中引用朱子"理生气也"的一段话，我在《朱子语类》和《朱子文集》中都没有看到，不知其原始出处在哪里。张先生说这以前大家都没注意，你再找找。过了两星期仍未寻到，我又去冯友兰先生家问，冯先生说，前几天张先生还说起，不知道这段话出在哪里。可见张先生还为此事帮我问了冯先生，我心里很感激。

1982年4月前后，我在张先生家谈话，问张先生，张载"心统性情"的话，朱熹每喜引用，其原始出处到底在哪里？我问这类问题，目的是找到语录对话的原始语境和连贯论述，以便准确了解这些话的哲学意义。张先生说："可能出于其《孟子说》，但《孟子说》已经不存，你可以再找找，比如《宋四子抄释》里面的《张子抄释》，看看能不能找到。"于是我就到北京图书馆善本室去查，看了几天，在《张子抄释》中没有找到"心统性情"。但我在顺便翻《朱子抄释》的时候却找到了"理生气也"的出处，于是结合《朱子语类》朝鲜古写本序的线索写了一篇文章。

张先生看到我把问题解决了，便很快将文章推荐到《中国哲学史研究》，在 1983 年发表。这篇小文章，颇受到国际学界前辈陈荣捷先生、山井涌先生的注意和好评。其起因是，1982 年夏在夏威夷开朱子学会议时，东京大学的山井先生提出此一资料的出处问题，结果包括陈荣捷先生在内的与会学者都未能解答。其实这个会本来邓艾民先生推荐我作为青年学人参加，但后来会议在国内请了 50 岁上下的学者参加，所以我未能躬逢此次盛会。

在那个时期，比我们大一二十岁的先生都在努力研究发文章，而发表园地很少，所以我们这些刚毕业的研究生发表文章还很难。我在初期的文章多是由张先生推荐才得以发表的。没有张先生的推荐，我们进入学术、学术界肯定要经过更多曲折。

在北京图书馆找"心统性情"的时候，因看到《张载集》中"张子语录跋"提及"鸣道集本"，便问张先生是否要去看看。张先生说："其书全名是《诸儒鸣道集》，在北京图书馆，你可以去查查。"于是我就在北京图书馆将《诸儒鸣道集》通看一遍，虽然没有查到"心统性情"，但也有收获。由于北京图书馆的本子是影宋本，上海图书馆则藏有宋本，我也曾写信到上海图书馆询问宋本的序跋情况。我把情况摸了一遍以后向张先生报告，张先生要我写成文章，经张先生看过，后来发表在《北京大学学报》上。我还记得，文中所引黄壮猷的序，原文"时"字是用的讹字，我不认识，也没去查字典，就照抄录下，是张先生将这个字改为通用字，以后我才认得这个字。1986年初，一次在从香山回来的汽车上，杜维明先生说上海图书馆向他介绍《诸儒鸣道集》，他觉得很有价值。张先生即说："陈来已经写了文章了。"后来杜先生要我把文章影印给哈佛燕京图书馆的吴文津先生，要燕京图书馆购藏此书。从以上这些事情可知，我早年的学术发展与活动，多与张先生的指引有关。

三

1982年，北京大学开始招收文科博士生，中国哲学专业只有张先生是国务院学位办通过的首批博士生导师，我当然报考了张先生的博士生，并顺利考取。在学问授受方面，我与张先生的关系，在做博士生前和做博士生后没有什么变化。所变化的地方，是张先生开始要我更多了解他20世纪三四十年代的哲学思想。

大概在1983底，张先生要我起草《张岱年传略》，因此拿出他珍藏的早年文稿给我看。我借回家细读，对张先生的分析十分

1983 年夏，与张岱年先生摄于北京大学西门外西餐厅

佩服，还把《谭理》抄在我自己的笔记本上，后来在我的博士论文中也加以引用。我在这时开始了解张先生自己的哲学思考的历程。我依据这些材料，写了文章，交给张先生。我说："我在文章里有个提法，我说您当时的思想可以说是一种'分析的唯物论'。"张先生点头肯定，面露满意的微笑。他说："30年代就有人说我们兄弟主张'解析的唯物论'，就是'分析的唯物论'。"看到自己正确地理解了张先生的思想，得到先生的认可，我也颇觉兴奋。所以，我实际上可以说是国内最早研究张先生哲学的人。张先生对外人非常客气，对学生则要求较严，一般不会当面夸奖学生，也是在这个时期，张先生当面对我说了仅有的一次夸赞的话。

1985年，我遵师命又写了一篇《张岱年学术思想评述》。写好后我对张先生说："抗战期间，您写的这些文章可以称为'天人五论'。冯先生写了'贞元六书'，您写了'天人五论'；冯先生讲新理学，您讲新唯物论，可谓各有其贡献。"张先生当时说，那不能和冯先生比。不过后来张先生也认可了"天人五论"的说法，《张岱年文集》和《张岱年全集》中也都用了这个总题。

1989年2月，张先生在西苑医院住院，那时清华大学编的《张岱年文集》第一卷出版，我写了《创造的综合——读〈张岱年文集〉第一卷》，后刊在《中国社会科学》上。其实，我写草稿时，还没拿到书，都是根据我在1983—1984年读张先生20世纪三四十年代文稿的理解和所得。张先生在医院跟我谈起此文中的提法，说："你是我的一个知音。"

1997年《张岱年全集》出版后，张先生的学术渐为更多的人所了解。1997年，我为《纵横》杂志写了《张岱年——自强不息、厚德载物的哲学家》一文，此文的主要基础也是依据我在20世纪80年代对张先生哲学的研究。1998年，北京大学校庆，我因《群言》杂志之邀，写了《大师的小事》，记述了我在20世纪70年代末和张先生最初的交往。张先生后来看过对我说："写得很好！"

　　20世纪80年代初期，学界很关注哲学史方法论的问题，意在突破"唯物—唯心两军对战"的教条和框框，破除哲学史研究的意识形态障碍。而突破的努力有多种形式，如有学者特别突出二元论的问题，有学者提出用三分法来看哲学史的不同派别等。张先生虽然坚持中国有唯物论传统，但他对从前讲的中国哲学史上的"唯心论"一贯很为不满，如他多次说过朱熹的"理"不是"精神"，不是"观念"，更不是"心"等。

　　我那时也关心这类问题，1983年初，我就写了一篇文章《试论中国哲学史上的唯物主义和反唯物主义》，认为从老子到朱熹，中国哲学形上学主要的传统是以"唯道论"为形式，不是以精神和理念为世界本源；意在强调尊重中国哲学的特点，矫正把恩格斯"哲学基本问题"的说法当作教条的状态。这篇文章张先生看过后还是肯定的，还在几十个小地方做了修改，并把题目改为《试论中国哲学史上两条路线斗争的特点》。可见张先生对此文的修改是十分认真细致的。所以1984年在天津蓟州区开中国哲学史年会时，张先生就带我去参加，我在会上就讲了这篇文章。不料讲过后人民大学的一位先生在评论中批评我的观点"出了圈"，张先生当时在会场上也有点紧张；但在那个时代，在这个场合，在这个问题上他也不好替我说话，这也是他着急的原因。由于主观和客观的原因，这篇文章最终也没有发表出来，我就把这文章一半的意思写在了博士论文第一部分的末尾，张先生也未加反对。从这件事可以看到张先生不仅自己对苏式哲学史始终不满，他对我们突破日丹诺夫教条的各种尝试也是支持的，鼓励的。

四

由于我们是第一届文科博士生，在综合考试方面没有任何经验，所以临到综合考试的时候，我也没有做细致的准备，只是跟博士生入学考试的准备差不多。结果，在博士生综合考试口试的时候，西方哲学齐良骥先生和王太庆先生问的问题我都答出来了，张先生问的第二个问题我却完全没有把握回答好。张先生问王船山的体用观有何特点，我含糊其词地说了一通，张先生也没再说什么，但我知道自己的回答不得要领。我以前虽然看过张先生写的王船山的论文，但由于自己没认真下过功夫，不能深入理解其中的问题。口试虽然得了高分，但给了我一个教训，王船山是不能轻易谈的。后来我跟张先生谈起，张先生说，王船山在山里写书，也不和别人讨论，所以其思想很难懂。

在读博士生期间，张先生也曾要我们帮他写文章。这类文章的情形是这样：张先生已经就此题目写过论文，但刊物索稿太多，故张先生要我们照他已发表的论文的意思，重写一遍。其中也含有锻炼我们的意思。如1983年张先生要我替他写一篇方以智的论文，拿他在《天津师范学院学报》发表的文章改写一下。我从张先生那借了《东西均》，细读一过，有了些自己的看法和理解，于是在文章的前面全用张先生的意思讲《物理小识》，中间论《东西均》核心思想的地方都加用了我的分析。张先生不仅未加否定，还将文章拿给《江淮论坛》发表了，而且署的是张先生和我两人的名字。此外，张先生把稿费也全部给了我。那时，我们的名字能和先生的名字并立发表，这已经是不敢想的事，而稿费也交由我们"独吞"，更可见先生对我们的照顾。张先生的这一类对学生和后辈的照顾，曾施之于很多人，充分体现了老一辈学者对学生后辈的关爱，在学界广为人知，在这里就不详细列举了。

在学术上张先生更是主动为我们着想。1984年，一次在香山开会，杨曾文同志跟张先生说起，一位美籍学者的文章说国内一个同志发现了朱子语录的资料，我当时随侍张先生身旁，张先生右手一指我说："那就是他呵！"也是在这次会上，张先生主动向中国社会科学出版社的黄德志女士推荐我尚未写完的博士论文到该社出版。当时青年学者出书甚难，我的书能在中国社会科学出版社出版，其最初和最根本的启动力量就是张先生的主动推荐。1985年，我们第一届博士生通过博士论文答辩，两个月后，未等我们去请序，张先生已经主动帮我们写好了序，把我们叫到家中交给我们，并且怀着比较满意的心情说："你们现在都能自立了！"
这既是对我们能力和已经取得的成绩的肯定，也表示了因圆满完
成对我们的培养工作而欣慰。我当时想，此前都是在先生的翼护
下发展，今后我们要独立发展，迈入个人成长的新阶段。所以，
我在1985年9月写了《熊十力哲学的体用论》，并请张先生阅正。
张先生肯定了我把熊十力与斯宾诺莎相比较，但在最后加了一句
话"熊氏未必研究过斯宾诺莎哲学，但基本观点确有相近之处"，
使得论点更为严谨。从那以后，我就没有再请张先生为我阅改、
推荐作品了。

我那时很乐意帮张先生做事，张先生也不时给我些小任务。
比如1984年冬天，一位同志把他的有关朱熹事迹考的书稿寄给张
先生审阅，张先生就让我来看，我看后列举了书稿中的十几处错误，
交给张先生。1985年，一次他要去上海开会，讨论《中国哲学辞
典》，他就要我先看看有什么问题；我就翻一遍，挑出一些错误
或不足之处，写在纸上，交给他备用。我也替张先生给青年学生
回过信，据现在浙江大学任教的何俊同志说，1986年他收到了张
先生的回信，看笔迹似乎就是我写的。顺便说一下，由于跟张先
生学习，看张先生的字机会多了，我在1983年以后写的文章，在
最后一遍誊写时，颇模仿张先生的字体。张先生的钢笔字浑厚饱
满，令人心仪，我常常有学习之心。可是我的基础功夫不厚，写
字时往往心急，所以始终没学好，而且我的字偏瘦，可谓字如其人。

北 京 大 学 用 笺

字　　　　号

全 教授 仁华：

　　本人申请报考张岱年先生招收、中国哲学史博士研究生，志愿如此，请予批准。

中国哲学教研室 陈来
1982.9.22

同意报考
张岱年 82.9.22.

同意。黄楠森 82.9.22

19　　年　　月　　日

地址：北京西郊海淀　　　　电话：28局2471号

申请报考张岱年先生的博士生，1982年9月22日

社会科学战线编辑部诸同志:

　　兹寄上我的指导的博士学位研究生陈来同志的文稿《略论诸儒鸣道集》一文,请审阅为感!

　　《诸儒鸣道集》为南宋初年刊印的理学著作汇集,其中包括理学家周、张、二程著作的今存最早版本,是研究宋代理学的一部重要参考书,但此书除以前孙元济曾用来校勘《张子语录》之外,多数中哲史工作者都未加重视。因此,我曾嘱陈来同志到北京图书馆善本室查阅此书,陈来所撰写的考察与研究此文,确有一定的学术价值。

　　贵刊有图书专一栏,谨推荐此文,以备采择,即请费神审定,不胜感盼!顺颂

编祺

张岱年
83年8月5日

张岱年先生的推荐信,写于 1983 年 8 月 5 日

我写的字模仿张先生这一点，1986年在北京爱智山庄开会的时候，中国社会科学院的谷方同志也看出来了，由此可见张先生的字亦颇为学界同仁所注意。

五

1985年夏天，我顺利通过答辩，获得博士学位，重回系里教书。在教课之外，教研室安排我做冯友兰先生的助手，此前是李中华做了两年。我在读研究生时曾几次拜访过冯先生，这次是中华带我去并正式介绍给冯先生做助手，宗璞还特地问我："你愿意来吧？"初次和冯先生谈工作，冯先生让我把他刚写就的《中国哲学史新编》第四册的稿子拿回去看，提意见。第二次去时，我就向冯先生谈我的意见。过了一阵子，在图书馆前碰到张先生，张先生说："冯先生说'陈来到底是个博士！'"看样子张先生刚从冯家出来。知道冯先生对我的肯定，张先生也颇为满意，要我好好给冯先生帮忙。这年秋天，张先生召集方立天、程宜山、刘笑敢和我四人到他家，说罗素写了《西方的智慧》，我们可以写一本《中国的智慧》。这是我参加撰写由张先生主编的第一本书。分工后各自负责，我承担的宋明部分都是我在1986年春夏学期一边教中国哲学史一边写出来的，所以我的课实际是按我写的《中国的智慧》的部分讲的。写好初稿后交给张先生，我写的部分里，张载的一章，张先生批了好几处"很好"，其他各章好像最多只有"好"，没有"很好"。张载是张先生的重要研究对象，写张载的一章能得到张先生的肯定，我就已经很满足了。

大概在 1986 年，张先生还要我参加他主编的《中国伦理学史》的写作。在教研室开的会上，张先生还说："陈来对伦理学有体会，他的第一篇文章就是谈伦理学的。"这指的就是我在报考研究生时寄给张先生的文章，其实这篇文章张先生 1979 年夏天已还给我，张先生在多年后仍然记得我的习作，而且给我以鼓励，张先生对学生的这种关心提携，令我永远难忘。只是我在 1986 年赴美，以后并未参加此书的写作，而赴美的推荐信仍然是张先生给写的。我赴美后，内人曾代我去看望张先生，结果张先生在她面前把我对朱熹的研究大大表扬一番，甚至说了"朱熹研究，世界第一"的话，这是令我很意外的，从这里也可以看出张先生教人的特点。

六

以上所述，是我从 1978 年到 1985 年做研究生和博士生时期与张先生的受教往来。可以看出，从研究生的考取、入门的指引、文章的推荐，到毕业的留校、博士生的指导、博士论文的出版，无不得益于张先生的悉心教导。张先生确实是我的恩师，他总是亲切地给我以鼓励，并为把我引入学术道路花费了不少心血，这一切使我铭记在心，感念不忘。而回想起来，20 世纪 90 年代以来，我为张先生所做的事，实在是太少了。从客观上说，清华大学的刘鄂培等几位老学长以清华大学思想文化研究所为基地，主动策划和承担了张先生论著的出版，以及逢五逢十的庆寿活动，使我们得以坐享其成，产生了依赖思想；从主观上说，就是对老师关心不够，这是无可推脱的。

20世纪80年代末以来，由于在文化问题上对儒家价值认同较多，我通常被学界视为"文化保守"的代表，而且所研究的对象，也大都不是所谓"唯物主义"。我猜想，从理想的角度来说，张先生对我的发展方向也许不无一丝遗憾；但张先生对我的发展非常宽容，从未对我有任何不满意的地方，这也是我特别心存感激的。

其实，张先生固然很注意阐扬古代唯物论和辩证法，但张先生晚年更重视阐发儒家的价值观；张先生20世纪90年代初关于"国学"的定义和阐发，是我在这个时期有关国学发言的主要依据。所以，在对儒学和国学的基本看法上，我和张先生是一致的。更重要的是，直到今天，在中国哲学的理解和诠释这一根本问题上，我始终信守和实践着张先生的治学方法，并以此指导我的学生。我认为，张先生在国内外学术界的崇高地位与影响，不仅仅是因为他阐扬古代唯物论、提倡综合创新，而主要是来自他对中国哲学的精湛研究，来自他对中国哲学思想资料的全面把握和准确诠释。从这个意义上，我可以自豪地说，我是张先生治学方法的正宗传人。我从张先生那里学到的治学方法，说起来也很明白，这就是张先生在1978年给我们上研究生课时就讲过、以后经常重复的司马迁的名言："好学深思，心知其意。"就是说，读古人

1998 年，与张岱年先生在清华大学甲所

2002 年 10 月，与张岱年先生、季羡林先生在北京大学一院会议室

的书要仔细体会其原意，并用解析的方法加以严谨地分析、表达。我的博士论文，自信可算是张先生治学方法成功运用的一个例子。

在20世纪80年代中期，我们不太懂得写书可以献给自己敬仰或亲近的人，所以我的博士论文在中国社会科学出版社出版时，就不晓得敬献给先生。后来出国看书多了，才注意到这点，所以1990年《朱熹哲学研究》在台湾出版，我就在扉页写上"谨以此书献给张岱年先生"，并在后记中说："我的导师是张季同（岱年）先生，先生治学，一主太史公所谓'好学深思，心知其意'之旨，最讲平实谨严，在本书中可以明显看到先生治学之方对我的影响。"1996年我编自选集，在自序中我也提到张先生对我的影响。1999年，张先生90寿辰，由我发起、组织和主编了《中国哲学的诠释与发展——张岱年先生90寿庆论文集》，由北京大学出版社出版。其中我所写的一篇，在文后附记中说："张先生教人，最强调'好学深思，心知其意'，我称之为八字真经。我个人从张先生所得全部训练，亦可以归结为这八个字。欣逢先生90华诞，谨以此小文庆贺之，从中亦可看到先生治学之方对我的深刻影响。"

这些年来，我写了不少书和论文，在海内外学界都得到肯定，算是有些成绩，没有辜负先生的栽培；而我看自己的著作，无论主题有何变化，自度所长，和成绩之所以取得，仍然在于能较好地掌握先生提倡的治学方法。近年我曾和友人闲谈说："张先生门下可以说有两派，一派是综合创新派，一派是心知其意派，我算是心知其意派。"在纪念和回忆张先生的时候，我强调这一点，也是以我自己做例子，希望中国哲学研究领域的后来者能认识张先生治学"金针"的真正所在，少走弯路，在中国哲学史的学术研究上取得更多更好的成绩。

2004 年 5 月 6 日初稿于北京大学蓝旗营

2004 年 7 月 18 日改定

苟日新，日日新，又日新

—— 冯友兰先生为我命字

　　1985 年 9 月，我开始给冯友兰先生当助手，主要是协助他写作《中国哲学史新编》，一直到 1990 年冬他去世。冯先生有三级助手，有记录、念报的，有找资料的，我是帮助看稿子的。这个时期，我每月会去冯先生府上两次。如果他有新写好的章节，我便拿回家看，待下次再去时跟他讨论。如果没有新写好的稿子，冯先生就会跟我聊聊他的想法，谈谈正在写什么或准备怎么写下一章。我们的谈话都是以《中国哲学史新编》的内容为中心，从来没有闲谈。

　　冯先生住在北京大学燕南园 57 号，客人进院子后，由北门进屋。那时除了冬天，北门一般不从里边关着。冯先生的书房在最里面，外面敲门里面有时听不见，所以我那时去冯先生家，一般也不按铃敲门，拉开纱门，直接推开北门就进去，直奔冯先生的书房，落座谈话。因为冯先生 90 岁以后眼睛看不见，所以一般我进书房后，冯先生的助手就会大声告诉冯先生说"陈来先生来了"，冯先生就会答应"啊，陈来来了"。冯先生是河南人，陈来两个字他都是念去声。

1988 年夏，有一天我跟冯先生说，请您有时间给我命个字吧。古人有名有字，名是出生后父亲所起的，男子的字一般是 20 岁加冠时所取，读书人则由老师来命字。古人在成年以后，长辈用我们的"名"称呼我们，自己也是用我们的"名"称呼自己，而"字"是用来供社会上的其他人来称呼我们的。命字是一种文化，命字不仅要与其本名有关联，传统的儒者还要把对被命字者的德行与未来人生的期许包含其中。所以古代大儒如朱子、王阳明的文集中有很多字序、字说，都是他们给学生命字时所写，以说明如此命字的道理。近代以来，这一类文字已经很少有人注意了。

冯先生是文史大家，对此传统非常熟悉，所以他听了我的请求，只说了好，再没有说什么。一个多月以后，8 月的一天，我去冯先生家，冯先生的助手说，冯先生给你写好了，就把他记录抄写的两页纸交给我。全文如下：

为陈来博士命字为"又新"说

陈来博士嘱予为命字，余谓可字"又新"，并为之说，以明其义。昔之人有名有字，皆所以勉励其人进德修业，晋于光

100

1986 年夏，与冯友兰先生在其燕南园家中

明也。其取义也，以名为主，以字为辅。辅之之道，盖有二途：一则引申其名之义之余蕴，陶潜字渊明，杜甫字子美是也；一则补救其名之义之或偏，韩愈字退之，朱熹字元晦是也。"来"之一词，在日用为恒言，在哲学为术语。《周易》之诸"对待"中，"来"与"往"为一对待，配以其它"对待"，则"来"为"伸"，"往"为"屈"；"来"为"阳"，"往"为"阴"；"来"为"息"，往为"消"；来为"神"，"往"为"鬼"。余亦尝谓：往者不可变，来者不可测，不可测即神也。往者已成定局，故不可变；来者方在创造之中，故不可测。"来"之诸美义，可一言以蔽之曰"日新"。《周易·系辞》曰："日新之谓盛德。"《大学》亦曰："苟日新，日日新，又日新。"其义若曰：既日新矣，则必新新不已，新而又新，永无止境，此"又新"之义也。"来"方在创造之中，前途无量，此大业也。《系辞》曰："富有之谓大业，日新之谓盛德。"二语相连，有旨哉！"来"之义极为深广，以"来"为名者，以"又新"为字，方足辅之。余谓陈来可字"又新"，其义如此。

一九八八年八月十三日上午，冯友兰于三松堂。时年九十有三。

我认为，这篇字说是冯先生晚年所写的一篇上佳的文字。冯先生中年时颇注意文章的做法，追求寓六朝之俪句于唐宋之古文，他的祭母文、西南联大纪念碑文是当之无愧的典范之作。新中国

为陈来博士命字为"又新"说

陈来博士嘱予为命字，余谓可字"又新"，并为之说，以明其义。昔之人有名有字，皆所以勉励其人进德修业，晋于光明也。其取义也，以名为主，以字为辅。辅之之道，盖有二途：一则引申其名之义之余蕴，陶潜字渊明，杜甫字子美是也；一则补救其名之义之或偏，韩愈字退之，朱熹字元晦是也。"来"之一词，在日用为恒言，在哲学为术语。《周易》之诸"对待"中，"来"与"往"为"对待"，配以其它"对待"，则"来"为"伸"，"往"为"屈"；"来"为"阳"，"往"为"阴"；"来"为"息"，"往"为"消"；"来"为"神"，"往"为"鬼"。余亦尝谓：往者不可变，来者不可测，不可测即神也。往者已成定局，故不可变；来者方在创造之中，故不可测。"来"之诸美义，可一言以蔽之曰"日新"。《周易·系辞》曰：

命字说原稿一，写于 1988 年 8 月 13 日

"日新之谓盛德。"《大学》亦曰:"苟日新,日日新,又日新。"其义若曰:"既日新矣,则必新新不已,新而又新,永无止境,此"又新"之义也。"来"方在创造之中,前途无量,此大业也。《系辞》曰:"富有之谓大业,日新之谓盛德。"二语相连,有旨哉!"来"之义极为深厂,以"来"为名者,以"又新"为字,方足补之。余谓陈来何字"又新",其义如此。

　　　　一九八八年八月十三日上午,冯友兰于三松堂。时年九十有三。

命字说原稿二,写于 1988 年 8 月 13 日成立以后，社会通行的文体弃旧图新，冯先生也就基本不做古体文章了。而在其老年，却能信笔写出，足见其文章的修养非同一般。同时可以看出，冯先生对儒学传统文体非常熟悉，我请他命字，他即以古典文言写下"字说"，此种近世大儒的文章修养，在当时在世的学者中已很难找到了。更重要的，这篇文字尽显冯先生作为大哲学家的思维风范，他把"来"字联系到《周易》哲学的往来、屈伸、阴阳，又引至《大学》的"苟日新""又日新"之说，足见其神思妙运，然后自如地加以分析和提炼，并以此对我寄予深切的期望。什么叫大家手笔，于此明白可见。所以对于这篇文字，我是极为感佩的。

不过，河南人民出版社1994年出版的《三松堂全集》，在收入这篇文字时，竟掉了其中重要的一段，即引文中划线的一段，真是匪夷所思！我发现后，告诉了宗璞先生，后来新版的《三松堂全集》才改了过来。

由于冯先生晚年目盲，已经不能自己写字，所有文章都是由他口授，由助手写录下来。这篇文字的原稿就是由助手用圆珠笔在400字的小稿纸上写就的。拿到此篇文字后，我在文末空白处用铅笔写下了几行字作为小跋《题陈来字又新说》：

此文原题"为陈来博士命字为又新说"，按命字之文，先儒所题略异，朱子每用"字序"，如文集之《林用中字序》等；阳明则用"字说"，如其外集之《刘氏三子字说》《白说字贞夫说》等。今先生此文既已题为"说"矣，故拟改以"陈来字又新说"为题，庶几密合旧例，亦见来之不敢称博士之意。盖先生晚年作文言，惟见二文，一为张岱年文集序，一为此文。窃谓此文虽短，然足见先生哲思之深，及对后学期望之殷，故不宜深藏，而欲同志之士共闻之，有味其言而兴起也。

冯先生去世后，我曾和宗璞先生说起，想把冯先生这篇文字用楷书写出来，挂在墙上，以为纪念。宗璞先生说你找个书家写出来，然后可以盖冯先生的章。由于我的周围并没有认识的书法家，所以就一直拖了下来。直到最近两年，才找到能写小楷的书家朋友，把这篇文字书写出来。然后，我到宗璞先生家盖了章，就是在西南联大时闻一多先生给冯先生刻的两枚印章，终于完成了我的心愿。

大陆的朋友辈多已不明传统习惯，海外学者也渐渐都不用这些老派的礼俗，所以这些年来，只有日本的吾妻重二教授、中国台湾的杨祖汉教授等少数几位友人会用表字称我。至于我自己，二十多年来，我以"又新"作为自己的学术鞭策，写了不少书和文章，所得成就不能说很大，但总算是没有辜负先生的期许吧。今后我仍会继续以"又新"自励，在学术上不断求新，新新不已，进步不已。

（这篇小文在微信上被转发后，有位比我大十余岁的学者问我："冯先生给你命的字，怎么没见你用啊？"其实早些年也有比我年长的同志这样问过我。可见，在我们这里，即使比我年长的研究传统文化的学者，也已经不知道"字"不是自己用的，是给别人用的。如冯友兰先生字芝生，金岳霖等其他先生便称其为"芝生"或"冯芝生"，冯先生是不能自己用来署名的。）

两度门生　义岂可忘

—— 纪念任继愈先生

2009 年 7 月 4 日，中午要飞台北，所以早上先打开电脑上网看看新闻。点击《联合早报》的新闻，见载"著名哲学家任继愈逝世"的消息，心中一动，想起到台湾电脑使用可能不便，不如行前在博客上写几行字，纪念一下任先生。现在网上新闻很多，特别是政治新闻，往往都不可靠，《联合早报》我以为是比较严谨的报纸，所以我常常上该报的网站验证消息。但是这次早报网的消息是链接在一个佛教网的消息，其中说任先生于"前天去世"，这使我产生怀疑。因为 7 月 2 日我在香山开会，我的旁边就是国家图书馆的副馆长陈力同志，当天中午医院报病危，所以他曾离会一段时间去了北京医院看任先生，但回来并未说任先生去世。7 月 3 日我们一起又开了一天会，都没有提起任先生的事，可见这个消息不可靠。于是我又到新浪、搜狐、国家图书馆、社科院宗

108

教所的网站查看，都无此消息。于是我断定此消息不确，庆幸没有造次。

不过任先生病而住院，我是知道的。5月时北京大学网站报道校领导去医院看任先生，似乎任先生病情颇重。因此之故，我打电话请学会的张利民同志去打听住在哪家医院，以便去探视。5月27日我和利民同志去北京医院看望任先生，进门见任先生在睡，少时醒来，我即上去说话，问好。任先生睁眼看见我，说"今天没办法跟你细聊了"，说完又闭眼睡去。看护的阿姨说任先生住院以来，晚上不睡，白天一直睡，昼夜颠倒。于是我到医生办公室，向医生询问了病情，我当时的印象是，这次住院，恐怕出院很难了。回到病房，过了一会儿，阿姨叫他起来喝水，上洗手间；又到了吃饭时间，我们想让任先生抓紧吃饭，不便打扰，就告辞离开了。总共停留一个小时多一点，基本上没有谈什么话。

2009年7月11日，任先生因病不治，逝世于北京医院，终年93岁。第二天我得到消息，但我人在台湾，无法前往祭奠告别，只能奉上一瓣心香，遥祝先生走好。

我跟任先生的关系并非一般的认识。1981年我研究生毕业，论文答辩委员会的主席是任先生，任先生给我写的评语，我还记得有两句话："有说服力，有创造性。"这是对我的巨大鼓励。我们这一届8个同学的论文答辩，任先生只参加了我的答辩。1985年博士论文答辩，仍然是任先生来做答辩委员会主席，对我的论文给予了充分的肯定。这一年的博士答辩，任先生仍然只参加了我的答辩。我跟任先生的这种关系，用封建时代科举的说法，就是座师跟门生的关系，所以20多年前，我写信给一位朋友，说起给任先生拜寿的事时，我说"两度门生，义岂可忘"，这代表了近30年里我对任先生始终不变的心意。

1977年，我报考北京大学中国哲学史专业研究生，自己准备考试的主要教材，是任先生主编的《中国哲学史简编》，也参考任先生主编的《中国哲学史》，所以那时已经对任先生非常敬仰。而且我的大姐夫在西南联大附中上学时，任先生和冯钟芸先生都教过他，"文革"后他们一班同学还到任先生家聚会。1978年，我们北京大学的中国哲学史研究生开课，任先生要他的几个弟子都来北京大学听课，所以无形之中似乎和任先生的距离也变得近了一些。1979年任先生应邀来北京大学哲学系讲演，谈他对中国哲学史这门学科的认识，我们当时都去听讲，而且相当认真地做了笔记。那时我们都读了任先生的《汉唐佛教史论集》，都认为任先生专门研究佛教，有一次楼宇烈老师跟我们闲谈，说任先生本来是研究理学的，我听了以后，很觉得有意思。所以，后来我的答辩，系里和教研室都请任先生主持，我想这不仅因为他的学术地位崇高，也是因为理学和朱子本来是他的专攻方向。

在攻读硕士研究生和博士研究生期间，我都拜访过任先生，对任先生识人的高明我特别推崇。事情是这样的，在我们1978年入学北京大学做研究生时，有位南方某大学的青年教师亦在当年来北京大学进修，也在我们的课堂听课。此君极善交际，堪称奇才，

110

2004 年，与任继愈先生在其办公室

不但校内文科老先生们皆被他哄得高兴，对他表示欣赏，就连校外学界的领导人物也都被他的忽悠所迷惑，跟他的关系相当密切。但是老先生之中只有一位不为所动，那就是任先生。这位青年教师还善为诡奇之事，后来事发自尽，也不必说了。那时我跟任先生说起，任先生说，这个人来，谈的都不是学问的事，只是说一些吹捧的话。这一点，使我对任先生非常敬佩。我跟任先生谈话，印象最深的一是他于1942年开始教书，对教过的西南联大、老北京大学的学生他都有评论；二是他对自己能南渡到昆明参与西南联大的八年艰苦生活，非常自豪。

1986年五六月间，忽一日收到任先生给我的信，要我约同学刘笑敢一起去他府上谈谈，我们便去了。任先生问我们现在都在做什么，我说我要到美国做访问学者等等。原来，任先生的《中国哲学发展史》的写作，进入一个新的断代、新的阶段，编书组的老成员，有些年纪稍大，需要做些调整，所以任先生想看看我们有没有可能参加编书组的工作。但任先生听到我们各自的计划安排后，也就没有再多说什么，只是跟我们说，他那里也有学术沙龙，欢迎我们去参加等等。

此后因我出国时间较多，也就没有参加过任先生的沙龙，又由于我成天满脑子都是写书写论文的事，所以跟任先生见面的机会也不多，多是在各种会议上向他问安，把新出的书呈送给他。但任先生还是很关心我的。记得1997年冬天，一次在国林风书店有个座谈，任先生也来了。我忽然想起，我的《古代宗教与伦理》

一书，不记得有没有送呈任先生，于是就请问任先生，任先生说："没有，你的书我都很注意。"于是我赶紧在书店里买了一本请任先生指正。

2004年，张岱年先生逝世之后，我编《不息集》纪念张先生，请任先生撰稿，以刊于卷首。2004年11月，我去任先生办公室取稿子，任先生和我谈了许久。12月底，任先生又寄来修改稿，附言：

　　陈来同志：

　　　　祝新年好！纪念张先生文，寄上改正稿，原稿方便时寄还即可。

　　　　此致

　　敬礼！

任继愈

2004 年 12 月 28 日

任先生在纪念张先生的文章中也没有忘记对我加以奖掖。他说："张岱年先生在哲学史教学方面，未能尽其所长，但他培养研究生、教育青年学者成绩卓著，比如他带出来的博士陈来就是其中的佼佼者。"这都体现了任先生对我这个老门生的爱护。当然，我觉得这也说明任先生对培养出优秀学生这件事是很在意的。2005年4月25日在北京大学召开了《不息集》出版座谈会，应我的邀请，任先生特来参加，这是对我们的很大支持。

其实，任先生的身体一直很好。20世纪80年代中期，任先生跟我谈话，说张先生（岱年）看起来是个儒者，他的意思是说张先生的面貌、行动、气象和从前的儒者差不多，是不爱活动的。而他自己，他说他从年轻时起，便喜欢体育运动。自然，一个常常跑步的人，即使是学者，他跑步的面貌，当然也很难和"儒者"的形象联系起来。前几年，任先生90岁的时候，仍然看起来身体很好，特别是步履不老，冯先生（友兰）、张先生（岱年）90岁的步履都跟任先生的不能比。从任先生90岁时与我的合影中，可以看出他身体的清健。我那时想，照任先生的这个状态，寿数应当是要超过冯先生、张先生的。今年春节，我从台湾讲学半年回来，因为已担任了新一届的中国哲学史学会的会长，所以想去任先生家拜年，顺带请教学会的工作。但又怕春节拜年的人多，就想过年后再说。但后来再打电话问时，说任先生已经住院。本以为任先生不过住个把星期而已，没想到最后竟未能出院。按理说，任先生高寿至如此，是大家都羡慕的，但以我们大家对他身体的印象，终究觉得还是走得早了一些。这恐怕就是"寿夭有命"吧。

还在我上研究生之初，看到《哲学研究》上任先生写的一篇文章，其中大意说新中国成立以后，他信从马克思主义，就跟他以前的老师说，今后他不再相信旧哲学，要走新哲学的路。我当时读了以为是指汤用彤先生，后来读书渐多，始知乃是熊十力先生。据任先生说，他从前也跟钱穆先生亲近过。任先生从北京大学毕

114

2005 年，与任继愈先生在北京大学

业，在西南联大念研究生，但早期思想并未受胡适的特别影响，而是与熊十力、贺麟等来往颇多。他早期研究理学，后研究佛教，再研究老庄，所以他对儒、释、道三家都能进行研究。而其中，佛教的研究是他和其他中国哲学史大家区别的主要指标。如冯先生、张先生都不研究佛教，而长于宋明哲学；任先生则在汤用彤、熊十力的影响下，曾用力于佛教的研究，这也使得他有条件向宗教学的一般研究发展，成为我国宗教学科的创始人。这也许算是那个时代北京大学传统和清华大学传统的不同吧。

任先生主编的《中国哲学史》四册，是"文革"前中宣部、教育部组织编写的大学教材，前三卷出版于"文革"前。该书作者队伍汇聚了北京大学、中国社会科学院、中国人民大学的中国哲学史教师，在当时堪称一流。从形式来看，此书结构细密，叙述精审。这部书奠定了任先生在中国哲学史学界的崇高地位，当时他不过四十五六岁。"文革"中，1973年以此四册为基础，又吸收了汝信、李泽厚等参加编写，任先生主编完成《中国哲学史简编》，在叙述上更上层楼，进一步确定了他在这一领域的权威地位。自然，这与任先生作为党内专家的身份有一定关系（冯友兰先生等当然也是权威，而在彼时被作为资产阶级权威而加以批判否定）；但是，就学术而言，冯先生、张先生而外，任先生确实是在这一时期的不二人选。而且就主编的工作说，任先生的组织能力之强，是当时的老先生们不能相比的，这在他后来的编书工作中更突出地表现出来。因而，这些历史的使命落在他的身上，是有其理由的。所以在张先生担任了三届中国哲学史学会会长后，任先生被大家一致推为会长，而且也担任了三届，那是学界的公论：他早已成为中国哲学领域的一代宗师。院系调整后直到"文革"前，在北京大学哲学系中国哲学史专业研究生毕业的学者，大都是他的学生，今天他们都已经超过 70 岁了。

　　"文革"以后，任先生又开始主编《中国哲学发展史》（下文称《发展史》），认为 20 世纪 60 年代四卷本是教科书，讲的是比较简明的知识，对学界有争论的大问题避免采入，所以不深入；《发展史》则是要站在 20 世纪 80 年代初的认识水平，写出更详尽的哲学史，而所谓《发展史》就是注重其逻辑的过程。该书导言还强调，《发展史》不是教科书，是一家之言，这一家之言当然是以任先生为主导的一个写作集体的一家之言，也可以说是一个学派的一家之言。虽然《发展史》的前三卷分别出版于 1984、1985、1988 年，但该书写成的部分早已在期刊上发表，在学界产生了很大影响。在 20 世纪 80 年代前期，在任先生的领导下，《发展史》写作集体构成了一个学派，是当时中国哲学史界最有活力、最有思想、最有水平的一家，我们那时研究生毕业不久，无不受到它的影响。可以说，中国哲学史通史的写作，至此而登峰造极。当然，《发展史》也有其限制，就是《发展史》仍然是通史，而《发展史》在写完第三卷时，中国哲学史学界的专人、专书、专题的研究开始遍地开花，而《发展史》以通史引领潮流的作用也就完成了其历史使命。老一辈学者喜欢写通史，冯友兰先生是这样，任继愈先生也是这样。如果说冯先生"三史论今古"，有三种中国哲学史的著作，那么任先生也主编了三种中国哲学史的著作，这"三史"也差不多可与冯先生所著的"三史"媲美了，虽然他们都是一家之言。任先生所主编的"三史"证明，他是 20 世纪以马克思主义方法研究中国哲学的当之无愧的大师。

在中国哲学史的领域外，有关佛教、道教的研究，任先生有同样大的贡献，不过这就不是我所能置言的了。在研究之外，编书是任先生后期的一大工作，在《中华大藏经》外，各种大典、文献、资料、辞典，不一而足。任先生为此尽心竭力，死而后已，在中国文化建设方面贡献甚大，但也不是我能一一数说的了。

哲人其萎，谨以此纪念任继愈先生。

2009 年 7 月 18 日

海外唱传最老师

—— 陈荣捷先生与我

　　陈荣捷先生是 20 世纪后半期欧美学术界公认的中国哲学权威，英文世界中国哲学研究的领袖，也是国际汉学界新儒学与朱熹研究的泰斗。

　　先生是 40 年来美国中国哲学研究的重要推动者和领导者，东西方文化哲学沟通的元老，亚洲哲学的权威，而在推动理学研究方面，贡献尤大。1966 年狄百瑞教授主办"明代思想国际研讨会"，会议文集由狄百瑞主编并题献先生。1970 年狄百瑞在意大利召开的"17 世纪中国哲学国际会议"，1972 年夏威夷大学召开的"王阳明哲学国际会议"，1974 年美国学术团体联合会与狄百瑞主办的"中日儒家实学思想国际会议"，1977 年杜维明主办的"清代思想国际会议"，1978 年陈学森主持的"元代思想国际会议"，1981 年狄百瑞主办的"韩国思想国际会议"等，先生都是积极的参与者与推动者。1982 年先生于檀香山创办"国际朱熹会议"，一时传为佳话。1989 年第六届"东西方哲学家会议"在夏威夷东西中心举行，也是先生只手促成。哥伦比亚大学的理学研讨会每周一次，狄百瑞主持，先生每次必到，中午从匹兹堡来，自备三明治，下午研讨会结束，戴夜色而归。

在当今中国哲学研究的领域中，陈老先生是我最为敬重的前辈学者，他不仅学术成就享誉四海，而且德高望重，有口皆碑。我以晚生蒙先生知，受其恩惠甚多。

1981 年，在邓艾民先生的指引下，我翻译了先生英文论文《论程朱之异》。这年秋天，逢先生来杭州开宋明理学讨论会，我便将译稿交邓艾民先生参会时面转先生审看。先生不仅对我的拙劣翻译未加批评，反而在译文的首页页眉上写了"译文甚精"等，给以鼓励，使我喜出望外。这篇译文后来发表在《中国哲学》第十辑。

1983 年，先生为《中国哲学年鉴》撰写《大陆中国哲学研究评述》，其中竟对我一篇小文特别加以奖掖，使我深受鼓舞。先生后来曾述及此事的原委：

> 予 1982 年举办国际朱熹会议，集世界朱子学权威于一堂，日本理学大家山井涌宣称朱子"理生气也"之语不见《文集》《语类》《集注》等书，如学者知其出处，请以见告之。予素有考察宋儒引语来源之癖，归而细检《文集》《语类》，

与朱子其他著述，皆无所获，大失所望。次年在北京参加中国社会科学院中国哲学研究所座谈会，承赠《中国哲学史研究》1983年2期。见有陈来先生所撰《关于程朱理气学说两条资料的考证》，急读终篇，乃知此语载在吕柟之《宋四子抄释》，急以告山井涌教授，吾等皆庆出望外也。陈先生不特考出此语之来源，并详述其所原之《朱子语略》之流布情况，深叹陈先生考据之精审，其治学方法之严谨，实为当代学者所罕见。

按1981年春我在做研究生论文时，一次去问张岱年先生："侯外庐等的《中国思想通史》中引用朱子'理生气也'的一段话，我在《语类》和《文集》中都没有看到，不知其原始出处在哪里？"张先生说："这以前大家都没注意，你再找找。"过了两星期仍未寻到，我又到冯友兰先生家去问。冯先生说："前几天张先生还说起，不知道这段话出在哪里。"可见张先生还为此事帮我问了冯先生，我心里很是感激。1982年夏，我在北京图书馆查《朱子抄释》的时候找到了"理生气也"的出处，于是结合《语类》朝鲜古写本序的线索写了一篇文章。张先生看到我把问题解决了，便很快将其推荐到《中国哲学史研究》，在1983年发表。这篇小文章，颇受国际学界前辈陈荣捷先生的注意和好评。其实，1982年夏的夏威夷朱子学会议，本来邓艾民先生推荐我作为青年学人参加，但后来名额不够，会议在国内请了50岁上下的学者参加，所以我未能躬逢此次盛会。先生因为我的这篇小文，而对我有了较深的印象。

《朱子书信编年考证》实际上是我所写的第一部著作，虽然它并不是我最先出版的著作。这本书的写作，从 1979 年开始，至 1981 年初步完成。1981 年夏，在研究生论文答辩会上，我抱去了一大摞稿子，题名为《朱子书信年考》。我把一尺多厚的稿子放在答辩委员会主席任继愈先生和其他委员先生的前面，作为我的论文《朱熹理气观的形成与演变》的旁证。其用意当然是想让各位答辩委员了解，在这个问题上，我并不是依凭着逻辑上的"大胆假设"，而是下过一些"小心求证"的文献功夫。

当时完成的工作是《朱子文集》中卷 30 至卷 64 论学书信的年代考证，但没有做卷 24 至卷 29 论时事出处书信的部分，因为这部分与哲学思想基本无关。当时也没有做续集和别集的书信部分的考证，虽然这部分书信分量不多。所以此书在当时只是初步完成。1981 年秋天，我研究生毕业留校，第二年在教书之余把论时事出处和续集、别集部分的书信考证也完成了。

我原来的写作，是按照文集书信的顺序来写的，故称《朱子书信年考》。后来与邓艾民、楼宇烈先生讨论，他们建议做成系年的体例，我觉得也有道理。不过，这时我已经报考了张岱年先生的博士生，要考虑博士论文的写作和研究；而且邓艾民先生有一段时间因要指导日本高级进修生，把《朱子书信年考》的书稿借去参考。于是，这部书稿按系年体例的修改，就暂时放下了。1985 年博士论文完成并答辩后，我一面教书，一面修改朱子书信的考证和博士论文。到 1986 年初，先改定完成了《朱子书信编年考证》，交给上海人民出版社；夏天，又修改完成了《朱熹哲学研究》，交给中国社会科学出版社出版。

早在 1983 年，杜维明先生来北京大学参加纪念汤用彤先生的会，我在勺园曾跟他谈过我的研究，杜先生当时说，如果有困难可以帮我联系到海外出版朱子书信考证的书。然而，当时改革开放不久，我又毫无经验，终于未敢答应海外出版的事。但杜先生对学术后进的热心帮忙，我是铭记在心的。后来杜先生 1985 年春天来北京大学任教，我跟杜先生交谈的机会更多了。1986 年秋，由于杜维明先生的帮助，受鲁斯基金会的支持，我赴哈佛大学费正清中心做访问学者。

我于 1986 年秋作为鲁斯学人赴哈佛大学访问研究，到达美国后曾向杜维明先生提起，想联系陈荣捷先生。杜先生说他 12 月要去台北参加汉学会议，会见到陈荣捷先生，可以帮我转达。于是我就写了一封信，托杜先生带到台北会上面交陈老先生。"陈老先生"是我跟着杜维明先生对陈荣捷先生的称呼。陈老先生从台湾回美国后给我回信，希望我有空到纽约哥伦比亚大学参加他和狄百瑞共同主持的研讨会，也方便长谈。1987 年 4 月，先生来波士顿开美国亚洲研究学会（AAS），启程前他给杜先生写信，约杜先生和我在剑桥"共饭"。杜先生便安排在剑桥市麻省大道的常熟饭店。当日杜先生还去接了当时路过哈佛大学的赵俪生先生一起用饭。

1987 年 4 月，在剑桥市的常熟饭店，左起依次为杜维明、赵俪生、陈来、陈荣捷

1987 年 4 月，与陈荣捷先生在剑桥市的常熟饭店

这次跟先生见面时，我将 1985 年完成的两册博士论文（打印稿）呈请他指正，并将《朱子书信编年考证》的"编例"呈上，请他便中为此书赐序。我还把带去的中华书局新出的标点本《朱子语类》送给陈老先生。不久，先生来信，对博士论文颇多肯定，并寄来了《朱子书信编年考证》的序文。先生在序文中说：

今其《朱子书信编年考证》业已完成，不只根据行状、本传，与诗文书札之内证，而且比订朱子同调讲友门人等之文集，以至《语类》及诸家跋语，如是旁证直引，内外夹持，治学若是之精详，可谓严密之至。然后系以年期，于是两千余书札之前后次序，井然可观。今后学者得以睹朱子思路之开展之痕迹，而其中年未定之见，与晚年定论，皆可确立无误。是则此书对于朱子生平与思想之研究，其贡献之大为何如也！去秋陈先生来哈佛大学深造，今春乃得会面，一见恨晚。承示考证编例，以序属予，予深信此书将为划时代之作也，油然以喜，归而为之记。

陈老先生的信与序文写在一种窄而长形的草纸上，共 8 页。读者很容易看到，先生的序文对我的研究颇多奖掖之辞。其实，我那时只是一个 35 岁的副教授，先生则是当时世界范围内中国哲学的权威学者和老前辈，他这种提携年轻学人的大师风范，使我备受感动，终生难忘。

1988 年春，陈荣捷先生向狄百瑞介绍我去哥伦比亚大学新儒学研讨班讲课，我用狄百瑞的一间办公室，陈荣捷先生来上课时也在这间办公室。我在哥伦比亚大学讲学，主要是讲我对朱熹哲学的研究。每周陈先生来，皆得与先生见面。回国之后，我与先生保持联系，每月皆有书信往来，所说无非学问之事。

1988 年，先生看到《朱子书信编年考证》仍未出版，曾写信给台湾学生书局，希望促成此书在台的出版。1989 年春天，学生书局委托到北京参加会议的台湾学者龚鹏程与我接洽，原则上达成了在台出版的意向，但在这年夏天上海人民出版社出版了此书简体字版之后，学生书局还是放弃了原来的计划。

1989 年 7 月，我参加了第七届国际中国哲学讨论会，以及第六届东西方哲学家会议，两个会的时间是连着的，都在夏威夷举办。受邀参加东西方哲学家会议的人比较少，中国大陆就我跟汤一介先生发言，其他受邀先生都没去成。张岱年先生没去成，冯契先生也没去成。台湾去的是沈清松，香港去的是刘述先。东西方哲学家会议的会期比较长，我印象中，那一次有一两个星期。我们就住在林肯中心。我记得，在夏威夷时，刘述先曾向杜维明转达了沈清松的一个意见，就是这次会议台湾的受邀学者太少。其实，受邀者的人选也不是杜先生决定的，如我的受邀就是陈荣捷先生力主推荐的。我想这也使得海外学者得以了解我的学术研究和水平在前辈先生眼中的地位。

在夏威夷举行的第六届东西方哲学家会议，先生是组织人，

陈来兄

槐赴匝勾临行得兄书不胜欣慰门归藉游堪积昨到今大

上课de hurry 彼甚热到欢迎彼甚此且种书辞职已此时大概已评变

我之芙语尝是八九（中华年表三十三）まチ六丁近年以前一遍

公度已婿入门以後熈饿退之杨信蒿研引是君概言之

柳切班宏有此语也愿述意孑连得间越域活动专因不知是之

原稿故用红色梀处云被印寸便分将原稿付回梀印时祈告

印二矽赐下俾寸心时考考也再由国逞敬颂

年禧

　　　　　陈荣捷

　　　　　一九八七·十二·十五

1987 年底，陈荣捷先生的来函

1988 年春，作者在哥伦比亚大学

在中国学者的邀请问题上，他置一些知名哲学家于不顾，而特别提名邀我参加，对此我是深深感谢的。我赴美临行时，《朱子书信编年考证》刚刚出版，我坐飞机先到上海，在上海拿到新书，然后飞夏威夷。到夏威夷的第一天，就把新书送给先生。接下来开会，一直都没看见先生。第三天吃早餐时杜维明先生对我说，有件事，一会儿你会感到惭愧。说着，先生由安乐哲教授陪着来了。先生高兴地对我说："你果然不负我的期望！"我想这是因为他在给我写序的时候，并未看到书稿，所幸此书与他在序中表达的评价和期待还是相合的。然后他交给我一份东西。原来先生趁这两天开会的时间，为《朱子书信编年考证》做了一份索引，有近20页，他请安乐哲教授帮忙复印了几份，也给我一份。我理解，杜维明所说的"惭愧"的意思是，我或者上海人民出版社应该为《朱子书信编年考证》做好索引，而不应该还要等陈荣捷这样的老先生来为此书补做索引。英文、日文的学术著作往往都有索引，对读者很是方便。而中文学术著作一般都没有索引，尤其是，由于出版资源的紧张，20世纪80年代我国的出版社连学术著作的注释都希望去掉，以节省篇幅，当然就更不会考虑附印索引了。以本书的性质而言，确实很需要索引，以方便查检。这位当时已年近九旬的老先生，他的所作所为再一次感动了大家，昭示给我们什么是学术大师的风范，也显示出先生对做索引的重视，和做索引的能力之强。在陈老先生的启发之下，我一直希望，在本书再版的时候，附入陈老先生所做的索引，并作为对他的感谢和纪念，

SIXTH EAST-WEST PHILOSOPHERS' CONFERENCE

UNIVERSITY OF HAWAII • 2530 Dale Street C-102 • Honolulu, Hawaii 96822
(808) 948-8410 • 948-8121

Honorary Chairman
WING-TSIT CHAN

Director
ELIOT DEUTSCH

Steering Committee
ROGER T. AMES
WING-TSIT CHAN
ELIOT DEUTSCH
DAVID KALUPAHANA
KENNETH INADA
GERALD LARSON
HENRY ROSEMONT, JR.
TU WEI-MING

陈荣捷先生为《朱子书信编年考证》做的索引，做于 1989 年东西方哲学家会议上（一）

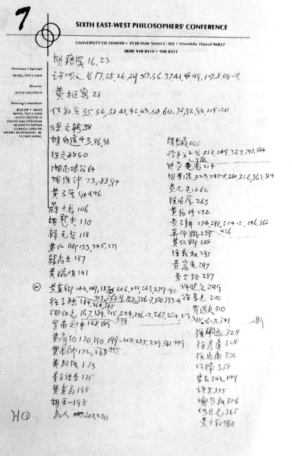

陈荣捷先生为《朱子书信编年考证》做的索引，做于 1989 年东西方哲学家会议上（二）

Wing-tsit Chan

Professor of Chinese Culture and Philosophy Emeritus　Adjunct Professor　Anna R. D. Gillespie Professor of Philosophy Emeritus
Dartmouth College　　　　　　　　　　　　　　　of Chinese Thought　Chatham College
　　　　　　　　　　　　　　　　　　　　　　　Columbia University

陈荣之吾兄日前接奉十八日赐示，欣知赵吾经和学力日进，又喜知

上海所作习录译注集评误为1986年二月修订再版，又473印明再版重印

希生学生甚为陶不至太过糊乱，以初版付上也。与韩国合作搜集朱

子语录大全诚是一件大事。前日夏威夷朱子会议福尚九州大学国

田武彦教授书影印九州大学所藏未朝鲜古写录本本子语录

お该会纪念想国田教授等对于池录等心必有所闻。韩国尚有我国

古籍不少，日本亦有不好访寻也。今日得学生之力复さ急复印付

上。台湾香港日本欧美研究朱喜之人实不若大陆之多。尊著出版仍

以大陆为宜。若必须在台北出版炒昭二十あ为束这办理亦无问

题。王程约以平装本定价一百之二十五为版税。备年计算两次

过三年1986素入门人甚多。朱子论菜67年约原译注196章问明吗

禅187年1987年素2860226章又至于新探疑书288本

归踏董示天大且版不能出境心往。幸得友人将总邮册换美元

克兄们得北台美之为四出版之直接寄稿往台北市和平东路一段

以陶都宣表需一套期寻惟必须复印一份留在心防部美也。若寄来处另为兼可进子

陈荣捷　一九八九·六·廿八

Return Address: 228 Sharon Drive, Pittsburgh, PA 15221　(412) 271-3463

1989 年，陈荣捷先生来函介绍台湾学生书局出版事宜

但一直没有得到机会。后来，2010年三联书店的新印本附有索引，是对旧本的一大改进。只是，这次新本所附的索引并不是陈老先生做的那一份。原因是，2003年3月，中国社会科学院研究生院的博士生王风同志，寄给我他用电脑做的此书的索引和排序，他的索引排序更为精细，因此这次新版就采用了他的，而没有用陈老先生的索引。但我个人对陈老先生的感念，是永志不忘的，所以我把这次印制的新本，敬献给已故的陈荣捷先生，以表达我的心念。这本书初版时印数不多，北京的书店进书亦少，新华书店当年就已售罄。20世纪90年代中期，万圣书园搬到北京大学东门外小胡同里，曾广为搜罗市场已断档的学术书籍，我的研究生在那里曾买到过几册。我听说之后即往寻看，把当时剩下的几本都买了回来。

1989年秋，先生来北京参加纪念孔子诞辰2540讨论会，曾与国外学者一起受国家领导人接见。会议后先生要我陪同去参观中国农业科学院种质库，因为这个种质库是先生的儿子设计的。适时在政治风波之后不久，我观先生，处此极具历史眼光，非常人可比。

1990年冬，先生以90岁高龄来厦门参加朱子会议，并游武夷山，拜朱子墓。我虽未去参加会议，先生在会上应中国社会科学出版社之邀，写了我的《朱熹哲学研究》一书的书评，文中屡加称许，使我感激不已。书评中说道：

1989 年夏，在夏威夷东西方哲学家会议上与陈荣捷先生在一起

此书是陈来在北京大学哲学系研究有年，在张岱年教授指导之下之博士论文，经由中国社会科学博士论文文库编辑委员会审查，选出论文中之少数精英者，于1987年印行出版。书分四大部分，为理气论、心性论、格物致知论与朱陆之辩。前面有张岱年序，后面有后记，说明"其中诸说虽经反复沉潜，皆非出一时之得，然质钝而功不足，于探其深而尽其微者，自觉尚有未备"。此是自谦之词。如是水平之高之博士论文，中国外国不多见也。

　　书之优点有三：叙述异常完备，分析异常详尽，考据异常精到。此外著者多用朱熹本人著作，亦一特色。叙述方面，理气论分别讨论理气先后，理气动静，理一分殊，人物理气同异。心性方面，分别讨论已发未发，性之诸说，心之诸说，与心统性情。格物致知之论，则包含格物与致知，格物与穷理，与知行问题。叙述朱陆之辩，第一章为鹅湖之前的朱陆思想，第二章为朱陆之辩的历史发展，第三章为朱陆哲学主要分歧。秩序井然，毫无赘语。

　　……在此讨论之中，考定"人自有生"四书为中和旧说，答何叔京"昨承不鄙"与"人自有生"四书同时，答何叔京书作于丙戌（1166年），答张栻四书作于丙戌与丁亥（1167年）（193—198）。此为全书之出类拔萃者。不特此处为然。陈来有《朱子书信编年考证》（上海人民出版社1989年），将朱子二千许书札，断定其年期。数量之多，考据之实，远出乎王懋竑《朱子年谱》与钱穆《朱子新学案》之上。

先生以国际朱子学研究权威的身份，在开始用三个“异常”评论此书的优点，在后面又具体地指出此书在考证上所得的各个重要结论，大家手笔，是对拙著的巨大支持。1990 年 8 月，我写信告诉他，关于王阳明的拙著已经写成，正在印制过程中，将在扉页题词敬献先生。蒙先生允许，回信曰“愚将与有荣焉”，使我略偿了报答先生的心愿。

先生为人清平严正，对后学极尽奖掖之力，一生致力中国哲学思想的研究、介绍，治学十分严谨。所著朱子门人、朱学论集、朱子新探索，为 20 世纪朱子学研究的最重要成果。在中国哲学思想研究领域中，先生是唯一在中文世界和英文世界并执牛耳的卓越学人。

1992 年夏，因有一年未得先生音讯，心中甚感疑惑。秋中在台访问，因朱荣贵兄得知，前一年先生因外出时跌倒致疾住院，对健康影响甚大。我闻此消息，忧心忡忡，而数次致书问候，皆未见回。无奈，唯有私祝其早日康复而已。1994 年 8 月 23 日，杜维明教授来北京，告及陈老先生日前病故，我闻之惊愕，唏嘘良久。8 月 26 日接到狄百瑞教授来信，正式通知先生于 8 月 12 日逝世。8 月 30 日又接朱荣贵兄函，且寄示《中国时报》唁闻。从先生临终的情况看，应当说是无疾而终，但每想到他这么快离去是因两年前的跌倒所引起，不免悲痛惋惜。以陈先生三年前的健康状况来看，若不是那次跌倒，他的寿数超过百岁，是没有问题的。数日之中，每一思及，辄为之黯然，不能自已。

我认识陈老先生时他已 85 岁，90 岁时他仍神采奕奕，步履如常，神思敏捷，笔力甚健，所以朋友们一直相信他必然要寿至百岁。他对我和我的朱子研究，可谓奖掖独厚，我现在保存的他晚年和我的通信有几十封。他平易近人、虚怀若谷、不耻下问、提携青年学者的风范，至今仍使我深深感动。

美国在战前和战后初期都不重视理学研究，至 20 世纪 70 年代始为之一变，以哥伦比亚大学和哈佛大学为中心，新儒学和朱熹的研究一时兴起。1977 年，陈荣捷先生海外教学 40 年纪念时，他曾作诗三首，兹录其二：

> 海外教研四秩忙，攀缠墙外望升堂。
> 写作唱传宁少睡，梦也周程朱陆王。
>
> 廿载孤鸣沙漠中，而今理学忽然红。
> 义国恩荣固可重，故乡苦乐恨难同。

"而今理学忽然红"是指 20 世纪 70 年代美国中国思想研究的变化，这在改革开放后的中国也同样出现了。"写作唱传宁少睡，梦也周程朱陆王"，传神地写出他对理学先贤的景仰。我想，在他生命的最后 20 年，梦中所见已唯有朱子，他在朱子身上倾注

137

了他的全部生命和全部感情，朱子研究已经毫无疑问成了他的终极关怀。

在我的心目中，他无疑是一个伟大的学者。在我的了解中，他的人格气象和精神境界已经达到了理学所推崇和倡导的仁者的境界。今天，在回忆起与他的各种交往的时候，我的内心充满了对他的深切怀念，久久不能平静。

记冯友兰先生

一、特识

黄宗羲在《明儒学案》讲到王阳明晚年的学问境界，用了王龙溪的两句话："所操益熟，所得益化。"我觉得这两句话正可以用来表达冯友兰先生晚年的学问修养。

自 1980 年以后，冯先生的主要工作是撰写他的《中国哲学史新编》（以下简称《新编》），《新编》体现了冯先生近年的思想。《新编》是对旧著而言，故要了解《新编》，不能不涉及他的旧著《中国哲学史》。众所周知，冯先生有几种享誉学界的关于中国哲学史的著作，20 世纪 30 年代初写成的两卷本《中国哲学史》，他自己习称为"大哲学史"，此外有商务印书馆出版的《中国哲学小史》，和原在美国用英文出版近由北京大学出版社出版的中文译本《中国哲学简史》。到目前为止，有关中国哲学史的著作，海内外学术界影响最"大"的，仍是冯先生这一部"大哲学史"。晚近有学者批评冯先生此书不过是大量引经据典和被动式的注释，与西方学者哲学思辨的工夫相差太远，这种评论显然是不公允的。因为冯先生此书，正如书名所表示的，乃是一部哲学史著作，而不是哲学论著，读过"贞元六书"的人是不应该以"过重引述经典"来评判冯先生的哲学著作的。而且，与写西洋哲学史不同，有著作经验的人都会了解，用中文著写中国哲学史，必须引述经典的古汉语原文，尔后要加说明阐释，这已是一条不成文之通例，不足为此类著述之病。

《中国哲学史》出版时，陈寅恪先生曾做审查报告，有言："此书作者取西洋哲学观念，以阐明紫阳之学，宜其成系统而多新解。"近几十年，学界每批评冯先生用新实在论讲程朱理学，其实，冯先生当初在美国学的若不是新实在论，而是实用主义或别的什么西方近代哲学，他是否能写出这样一部影响深远的《中国哲学史》来，是值得怀疑的。新实在论注重的共相殊相、一般特殊的问题，确实是古今中西哲学共有的基本问题，不管新实在论的解答正确或者不正确，冯先生由此入手，深造自得，才能使他"统之有宗"、"会之有元"，在哲学上实有所见而自成一家，而程朱理学，在哲学上与新实在论也确有相通之处，所以，冯先生从新实在论的立场所阐发的程朱理学的哲学见解，还是相当深刻的。

关于《中国哲学史》一书的"特识"，冯先生后来在《三松堂自序》中这样说："就我的《中国哲学史》这部书的内容来说，有两点我可以引以为豪，第一点是，向来的人都认为先秦的名家就是名学，其主要的辩论就是'合同异、离坚白'，认为这无非都是一些强词夺理的诡辩，战国时论及辩者之学，皆总称其学为'坚白同异'之辩，此乃笼统言之，我认为其实辩者之中分两派，一派主张合同异，一派主张离坚白，前者以惠施为首领，后者以公孙龙为首领。第二点是，程颢和程颐两兄弟，后来的研究者都以为，他们的哲学思想是完全一致的，统称为'程门'，朱熹引用他们的话，往往都统称'程子曰'，不分别哪个程子，我认为他们的思想是不同的，故本书谓明道乃以后心学之先驱，而伊川乃以后理学之先驱也。这两点我以为都是发先人之所未发，而后来也不能改变的。"冯先生此说是太过谦虚了，其实，从学术上看，在上述两点而外，不但《中国哲学史》的基本结构、人物、条理为此后写中国哲学史的学者所继承，书中的诸多观点和提法，如孔子的正名主义，墨子的功利主义，孟子的理想主义，老庄的楚人精神，法家的三种派别，王充的自然主义，《列子》的唯物主义，以及程朱异同，朱陆异同，朱王异同，佛教的主观唯心论与客观唯心论等，也都是"发先人之所未发，后来也不能改变的"，至今仍为学术界沿袭或吸取。其中大部分的分析和定位已成了本学科的"典范"，美国和日本的不少大学至今仍以此书为基本教本，这是与它的多方面的成就分不开的。

二、可怪之论

说到《新编》可能会有人问，用冯先生以前常爱用的"瓶""酒"的说法，到底是"旧瓶装新酒"，还是"新瓶装旧酒"，或是"新瓶装新酒"？就冯先生的主观想法来看，他是想尽量吸取马克思主义的哲学方法来考察分析中国古代哲学的内容和发展，因而在形式方面大量采用了从黑格尔到马克思的概念范畴，就这点来说，"新瓶"是可以肯定的，至于瓶中之酒，就不能简单地说是新是旧了。

在我看来，与旧著相比，从大的方面说，《新编》有两点突出，并构成了与原来的"大哲学史"不同的特色。第一是一般和特殊的问题作了基本线索，冯先生认为，两千多年的中国古代哲学的历史，有一根本的线索贯穿其中，这就是共相和殊相、一般和特殊的关系问题。冯先生常说，"这是一个真正的哲学问题，先秦儒家讲的正名，道家讲的有无，名家讲的名实，归根到底都是这个问题，玄学所讲的有无，道学所讲的理事，归根到底也都是这个问题。"旧著只是在"伊川""朱子"两章中讲到这个问题，没有贯穿到整个中国哲学史，冯先生认为这次写《新编》这一点看得更清楚了。第二是把考察阐述中国哲学的精神境界作为一个基本着眼点。冯先生认为，哲学的作用主要就是能够提高人的精神境界，中国哲学在这方面对人类文明有较大贡献，所以应当特别加以阐扬。举例来说，冯先生谈到玄学的"体无"时强调这代表了一种混沌的精神境界。没有经过分别的，自然而有的混沌可称为"原始的混沌"，经过分别之后而达到无分别乃是高一级的混沌，可称为"后得的混沌"。诗人乐草木之无知，羡儿童之天真，其实草木并不知其无知，儿童也不知道他们是天真。"原始"与"后得"的区别，就在有自觉和无自觉，玄学代表的就是自觉的无区别、无计较的精神境界，这样的精神境界，也就是道家所说的"逍遥""玄冥"。可是有这样境界的人，并不需要脱离人伦日用，对于外物也不是没有反应，所以从玄学一转，就是道学的"即其所居之位，乐其日用之常""廓然而大公，物来而顺应"。

"大哲学史"写在 20 世纪 30 年代初，而"新理学"的体系形成之后，冯先生对共相殊相的问题在哲学及哲学史上的意义，更有自觉的重视，就这一点说，《新编》重视共相殊相，与冯先生 40 年代的思想，有一脉相承之联系。在《新原人》中也讨论过人的四种精神境界，不过，我自己的感觉是，《新原人》以"天地境界"为最高，虽然说来是如此，但似终有一间未达，并有说得过高处，未如《新编》论玄学和道学的境界透彻圆融。我以为这是由于 40 年来，冯先生自己的精神境界与日俱进，屡经磨难而更臻于圆达，如元好问所谓"亲到长安"者，因为他对这些精神境界有真"受用"，所以说出便与人不同。有一次冯先生对我说："参前倚衡，'仰之弥高，钻之弥坚，瞻之在前，忽焉在后'，这是说的孔子的精神境界啊。"冯先生说的话和当时说话的神情给我印象甚深，我认为他对这些精神境界，确实是有真体会。

所以，从这两个基本点来说，就难以用新酒旧酒截然分开来说了。如果说新，"新"与"旧"也有联系；说旧，"旧"的也有了"新"的发展。从前朱子和陆子寿诗有两句，"旧学商量加邃密，新知培养转深沉"，从这方面看冯先生，也可以说"旧学"益密，"新知"益深。冯先生在《三松堂自序》中他说自己"已届耄耋，耳目丧其聪明，为书几不成字"。海外朋友常有冯先生晚年是否已经糊涂的疑问，其实不然。就以冯先生晚年的情况说，据医生讲，自1986年视力大减之后，脑力更见增益。我帮助冯先生作《新编》，对冯先生思想之敏捷，每感惊讶，现举几例来说明。

在写《新编》的过程中，冯先生每创新意，不落旧套。写魏晋玄学时他说："我有一想法，王弼是贵无论，裴頠是崇有论，郭象是无无论，贵无论是'肯定'，崇有论是'否定'，郭象的无无论是'否定之否定'。这与黑格尔的正、反、合正好相通。"冯先生发明了"无无论"一词讲郭象，又提出郭象对贵无、崇有作了"扬弃"，破除了宗极的无，但不否定境界的无，这样一来，就把玄学从纵到横重新贯穿起来了。冯先生很注意每一大的时期的哲学发展的线索，写到宋明时他又提出："道学可分为两期。从前期看，二程讲理是肯定，张载讲气是否定，朱子是否定之否定。到了道学的后一阶段，前一阶段的'否定的否定'就成了后一阶段开始的肯定，因此阳明是朱子的否定，王船山是否定的否定。"照冯先生这个说法，王船山不但是朱子的否定之否定，即更高程度的肯定，而是整个宋明道学发展的集大成者，这与时论视船山为反道学唯心论的唯物主义大师的观点，相去大远；而他对"肯定"/"否定"发展关系的看法，也与一般的辩证法家大不相同。冯先生说，这在许多人看来，可能是可怪之论。

冯先生虽年过九旬，哲学思维却一天也没有停止过。正如古人所谓"志道精思，未始须臾息，亦未始须臾忘也"。他常常语出惊人，提出与时论有所不同的种种"新意"，他每戏称之为"非常可怪之论"，前边说的就是个例子。宋明的一册快要写完的时候，一日他又对我说："我近来又有一个想法，也可以说是非常可怪之论，就是毛泽东的哲学实际上也是接着中国古典哲学讲的。"一般人都认为毛泽东思想乃是马克思主义的中国化。但他们理解的中国化，是指在实践上与中国的具体国情相结合。照冯先生看，这个"化"不可能与中国哲学的传统没有关系。冯先生说："从孔子到王船山，中国哲学有个基本问题，就是一般和特殊的问题。到了王船山，给了一个解决，解决的方法是'理在事中'，毛的《矛盾论》《实践论》讲矛盾的普遍性即寓于特殊性之中，其思想归结起来是'一般寓于特殊之中'，这个寓字从前人不常用，而这个思想也就是'理在事中'，所谓实事求是，就是在事上求理。"找出这个联系，冯先生颇满意，他说："《西厢记》中红娘有一句唱调，说'是几时孟光接了梁鸿案'，这么一来，毛的思想和中国古代哲学讨论的问题就接上了。"

《新编》写到清近代的时候，冯先生又有了一个"非常可怪之论"。他说："时人称许太平天国，贬骂曾国藩，可是从中国

145

近代史的主题来说，洪秀全要学习并搬到中国的，是以小农平均主义为基础的西方中世纪的神权政治。中国当时需要的是西方的近代化，所以洪秀全的理想若真实现，中国就要倒退。这样一来，自然就把他的对立面曾国藩抬高了。曾国藩主观上如何是一回事，但客观上看，他打败了太平天国是阻止了中国的一次倒退。不过曾推行一套以政代工的方针违背了西方国家近代化以商代工的自然道路，又延迟了近代化。"冯先生对曾、洪的评价与几十年来近代史学界的流行观点，完全相反，学术界对此自然有不同的反应。

1988 年我从美国回来后，冯先生对我谈《新编》的进展情况，他说："我又有了几个'非常可怪之论'。照马克思本来的想法，以蒸汽机为代表的第一次产业革命，使生产力发生了巨大的发展，产生了资本主义。照这个道理说，能够取代资本主义的新的社会制度和生产关系，只有另一次在广度、深度上与第一次产业革命类似的新产业革命出现之后才能出现，也就是说那个时候才能有真正的社会主义。另一点是，几十年来赞美农民政权等贵贱、均贫富，其实封建社会里的农民并不代表新的生产关系。农民起义成功，建立的还是旧的生产关系和等级制度，所以'农民政权'是没有的。这是因为农民是封建社会里地主阶级的对立面，是这个生产关系的内在的一部分，他没有办法提出新的生产关系来。由此引出一点，现在计算机和超导材料的发展，也许会造成一个大的产业革命，那个时候可能会有新的生产关系出现，以适合生产力的发展。"

以上所举数条，不过是借此使人一窥冯先生晚年思想之活跃，这些观点人们可以因为他受黑格尔、马克思影响太大而不同意，但由此可见冯先生的哲学思维确乎未尝一日而中断。他的思想，一方面总是充分利用既有的一切形式，扣紧时代的课题，另一方面也从内容上作各种积极的转化。

三、道学气象

1987年我写的一篇文章中，曾以"道学气象"论冯先生。我还说，冯先生气象最近于程明道，不过什么是我所了解的明道气象，则语焉而未详。冯先生一向最为推崇程明道《秋日偶成》诗："闲来无事不从容，睡觉东窗日已红。万物静观皆自得，四时佳兴与人同。道通天地有形外，思入风云变态中。富贵不淫贫贱乐，男儿到此是豪雄。"平时闲居亦常讽咏。我想冯先生所以喜欢这首诗，从精神境界来说，是因为他对"从容""自得"有真受用。他的宽裕温平，和易怡悦，从容自得的气象，充分体现了他的精神境界。他的气象正如古人所说"纯粹如精金，温润如良玉，宽而有制，和而不流""视其色，如春阳之温，听其言，如时雨之润"。在我的了解中，明道与冯先生互相辉映，充养完粹，神定气和，动静端详，闲泰自然，未尝有忿厉之容。冯先生乐易和粹的气象，是我所了解的明道气象的具体表现。近人论冯先生学问，皆知《新理学》是"接着"伊川讲的。殊少知其气象境界尤近于明道。人之学问与气象不可离，这是中国传文化的一个特点，也是一个优点。

陈白沙曾言"学者须理会气象"。所以我常想,儒学在中国不得复兴,只讲生命进动,缺乏涵养气象一节,大概也是一个原因吧。

1986 年我赴哈佛访问研究,行前到医院看望正在住院的冯先生,当时第五册只剩下王船山未写完。冯先生说,可惜《新编》的写作没法得到你的帮助了。1988 年我回国后,见冯先生身体大体上与前两年相近,只是目力大退。我赴美前,冯先生偶尔还可以戴上眼镜把书拿到眼睛前边看,现在已不能看书。有客来访,可以看得一个轮廓,但不能分辨。不过倒也由此省去了摘戴眼镜的麻烦。

1985 年,有一次杜维明教授携太太若山(Rossane)及不满两岁的儿子在冯先生家做客,冯先生竟问杜太太:"你是四川人吧。"这固然可以表现出杜太太的中国话已可以"以假乱真",也说明冯先生"耳目失其聪明"的程度。人入老境,常有慈幼之心,从前冯先生几次对我提起:"杜维明的那个小孩很好玩。"1988 年我从哈佛回来,他又说起:杜维明的那个小孩很好玩。

冯先生说话,从容平缓,但不乏风趣诙谐。1988 年哥伦比亚大学的朱荣贵博士忽到北大,我陪他去访冯先生,谈话间说到台湾"中央研究院"现在有多少院士,朱荣贵说:"台湾现在不会承认您是院士了。"冯先生笑道:"那是当然,开除院籍!"

冯先生常对我说,有那么一个客观的道理,古今中西的人都可能有所见,即使讲的相同,也不必是抄袭,因为本来就有那么一个客观的道理。我曾问他,写"贞元六书"时有没有继承儒学传统的意思，冯先生说："当时是有这个意思，不过现在并没有这个意思了，因为儒家也好，道家也好，这个界限对我来说已经打通了。我现在觉得好东西都是通的，康德和禅宗也是通的。"冯先生还说："我现在就像一头老黄牛，懒洋洋地卧在那里，把已经吃进去的草再吐出来细嚼慢咽，不仅津津有味，简直是其味无穷！其味无穷，其乐也无穷了。古人所谓乐道，大概就是指此吧！"

我帮冯先生写《新编》曾有好几年，工作的性质我在另一篇文章已经谈过。冯先生总是以为我很懂哲学的，所以希望我常去谈谈，其实我根本是似懂非懂。冯先生每每给我许多特别的启发，使我得益极大。每当冯先生"津津有味"地谈说他的种种思考所得时，我便坐在对面默然而"观"。这种"观"并非现在人所说的看，而是从中体会，体会一个真正的哲学家，一个真正的"中国特色"的学者怎么思考，体会他对这个宇宙、这个世界所抱的态度。数年之中，所闻所观者，不为不详。然终觉未能得其达者大者。噫！语曰"仰之弥高，钻之弥坚"，先生其此人也欤！

（原载《读书》，1990 年第 1 期）

张岱年及其七十年的哲学因缘

张岱年教授字季同，别名宇同，原籍河北省献县小垛庄（近年划归沧县），当代著名学者。张先生长期从事哲学和哲学史的教学与学术研究，有着广泛的建树，特别在中国哲学和中国哲学史的领域，他的研究在国内外学术界有十分重要的地位和影响。

一

张岱年先生的父亲张濂，字仲清，清朝末年癸卯（1903）进士任翰林院编修，民国初年任过众议院议员。张濂平生赞成黄老之学，对传统医学理论如《内经》也深有研究。1909 年 5 月，张岱年先生出生于北京寓所，三岁回到献县，随母乡居。幼在乡间就读私塾，十岁才又回到北京继续上高小，小学毕业后入师大附中读初中、高中。1928 年张岱年先生考入清华大学，但因当时清华规定学生必须接受军事训练，内心颇有反感，于是改考国立北平大学第一师范学院（今北京师范大学）。当时的师范学院比较自由，合于张岱年先生的心愿，于是 1928 年 10 月入师范学院教育系学习。在大学期间，张先生对教育学兴趣不大，却对哲学发生了浓厚兴趣，并开始进行研究。在大学学习期间，张先生便发表了多篇哲学论文，引起了学术界的注意。因而，1933 年大学毕业时张先生即受聘到清华大学哲学系任助教，讲授"哲学概论"课程。当时的哲学概论都是讲西方哲学，张先生也是讲西方哲学的哲学概论。到 1936 年他写成了名著《中国哲学大纲》，同年在清华兼授"中国哲学问题"课程。1937 年抗战全面爆发后，张先生因与学校领导失去联系，未能随校南行。当时在北平的学者以陈垣为首，拒不与敌伪合作，保持民族气节，张先生亦蛰居读书，不与敌伪妥协。1943 年北平私立中国大学校长何其巩听说张先生撰有《中国哲学大纲》，立即聘请张先生到私立中国大学哲学教育系任讲师，次年改任副教授，讲授"中国哲学概论"，这是与在清华所教的西方哲学的哲学概论不同的中国哲学概论。抗战胜利，冯友兰先生从昆明写信给张岱年先生，说清华要回来复校，望张先生仍回清华任教。1946 年张先生回到清华大学哲学系任副教授，讲授"哲学概论""中国哲学史"和"孔孟哲学"三门课程。

1949 年新中国成立，中国历史开始了新纪元，中国人民步入了一个新的伟大时代，张先生和大多数知识分子一样，以极大的热情投身到新中国的文化建设中。1949 年张先生在清华大学最先开授了"辩证唯物论",为了进一步学习马克思主义哲学,他还在 1950 年到人民大学听苏联专家讲马克思主义哲学。1951 年张先生任清华大学哲学系教授,讲授"辩证唯物论研究"和"马列主义基础",并参加大课讲授"辩证法"和"新民主主义"课程。同年,兼任北京师范大学教授,在师大讲授"新哲学概论",并在辅仁大学讲"辩证唯物论"课程。1952 年全国高校院系调整,张岱年先生调任北京大学哲学系教授。1954 年北京大学哲学系在新中国成立后首次重开"中国哲学史"课程,张先生讲授从汉至清的古代中国哲学,此后不再讲授哲学理论课,专门从事中国哲学史的教学和研究。

1957 年,张岱年先生响应当时的号召,对哲学系和教研室的若干工作作风提出了一些善意的批评意见,不料竟遭到错误打击,被指责为反对思想改造,并把他对"百花齐放,百家争鸣"方针的拥护赞扬说成鼓吹资产阶级自由化,由此被迫停止了教学工作。1962 年张先生才恢复了教学工作,1963 年曾为北京大学中文系古典文献专业讲授"中国哲学史"。打倒"四人帮"之后,北京大学经过复查,宣布张先生 1957 年被错划为右派,予以彻底改正。1978 年起,张先生担任中国哲学教研室主任,并为北京大学哲学系中国哲学史专业的研究生开设"中国哲学史史料学""中国哲学史方法论课程",为培养中国哲学史专业"文革"后首届研究生尽心尽力,在教学中发挥了主导的作用。1981 年张先生被教育部批准为首批博士生导师，次年开始培养博士研究生。1980 年起，张岱年先生兼任中国社会科学院研究员。1979 年中国哲学史学会成立，张先生被推举为会长，并经选举连任第二届会长。1985 年清华大学思想文化研究所成立，张先生任所长，同年又兼任孔子基金会副会长。

早从 20 世纪 30 年代起，张先生便积极宣传辩证唯物论，不断探寻真理，追求进步。抗战时期，坚决不与敌伪合作，反对卖国投降。1947 年"反饥饿、反内战、反迫害"运动中，张先生对清华大学学生发表谈话，坚决支持学生"反饥饿、反内战、反迫害"的运动，表明了反蒋的立场。新中国成立后，张先生坚决拥护中国共产党的领导和社会主义改造。1956 年全国工商业社会主义改造完成，中国共产党提出发展文化事业的"双百"方针，张先生非常高兴。他在 1956 年中国科学院哲学社会科学部座谈会上发言说，先秦时代有过百家争鸣的盛况，秦汉以后这种盛况不见了，今天党提倡在马克思主义指导下开展百家争鸣，这是非常正确的。1957 年遭受了错误打击，但在巨大的打击面前，张先生对马克思主义的信念并未动摇。1965 年张先生在北京郊区参加了"四清"运动。1966 年"文化大革命"开始，张先生被作为"资产阶级教授""反动权威"遭受搜查，家中的日记、卡片被抄走，每天写检查材料，参加扫地劳动。张先生因历史上确无政治问题，所以没有被赶进监改大院牛棚，于 1967 年 6 月第一批被宣布解放。1969 年至 1970 年，张先生已年过六旬，仍带病到江西鲤鱼洲北大分校劳动锻炼一年。从"反右"到"文化大革命",张先生虽几经挫折,但是对党的领导和社会主义方向毫无动摇。1983年张先生加入了中国共产党,实现了他多年的心愿。1983年12月,北京大学、清华大学共同为张先生从教五十周年举行了庆祝会。1984年《中国哲学史研究》杂志为庆祝张先生75寿辰举行了"中国古代唯物主义的特点"学术讨论会。今天,年近八旬的张先生精神焕发,心情舒畅,决心在有限的余年,竭尽全力,为社会主义精神文明的建设做出更多的贡献。

二

张岱年先生自幼好学,初在乡间读私塾时,塾师教通课本"牛有角,羊亦有角",张先生即问,这"亦"字当"也"字讲吧?塾师奇之。在私塾念完"四书",回到北京上高小一年级。张先生受家学熏陶,少年时即博览群书,打下了良好的学问基础。高中一年级时张先生在作文课中写了《评韩》一文,国文老师阅后甚为称赞说:"大学三年级学生的论文亦不过如此。"将此文推荐刊登在《师大附中月刊》上。

在张先生走上哲学研究的道路上,他的长兄张申府曾对他有较大影响。张申府原名崧年,毕业于北京大学数学系,后在北京大学图书馆工作,与李大钊同事。"五四"时英国哲学家罗素来中国,张申府即翻译和介绍罗素哲学。张申府是中国共产党最早的党员之一，后来到法、德勤工俭学，曾经是周恩来、朱德的入党介绍人。在张申府的影响下，青年时代的张先生即对哲学感兴趣，广泛阅读了西方近代哲学著作，对宇宙和人生的重大问题常反复加以思考，逐渐有了自己的哲学见解。

1931年九一八事变，日本帝国主义悍然侵占我东北三省，民族危机深重，全国人民急起救亡。与多数知识分子一样，张岱年先生怀抱学术救国的理想，奋发研究哲学与哲学史，期望从中找到救国救民的真理，找到一种复兴民族的精神武器。在师范大学读书期间，他对英国新实在论哲学比较欣赏。他认为罗素的著作文笔清晰，论证严密，穆尔长于细致分析，怀特海博大精湛，博若德条理明晰。张先生因读这些哲学家的著作，受到了一定的思维训练，开始确立了哲学思维应当做到概念明晰、论证严密的思想。上述英国新实在论派的哲学对于张先生的影响主要表现在：一方面，他们严密的"逻辑分析"方法为张先生所吸收，形成了他注重严密"分析"的治学方法；另一方面，英国新实在论哲学不同程度地肯定客观世界的倾向，为张先生稍后接受辩证唯物论哲学提供了一定基础。

20世纪20年代末，北伐战争虽告失败，而辩证唯物论与历史唯物论的传播却得到发展。马克思、恩格斯的理论著作深受人们欢迎，讲解辩证唯物论与历史唯物论的译著纷纷问世，其中尤以李达从日文转译的《辩证唯物论教程》影响最大。张岱年先生读了这些书后，对辩证唯物论与历史唯物论的基本原理十分信服，他肯定辩证唯物论与历史唯物论是当代最有价值、最为伟大的哲学，他认为辩证唯物论在宇宙观中既肯定物质为本原，又承认精神的能动作用，解决了物质和精神的关系问题；在认识论中则解决了感性和理性的关系问题，历史唯物论则解决了学术思想与社会经济的关系问题。这样，他在世界观上开始接受辩证唯物论和历史唯物论。同时，他认为英国分析派哲学概念明晰，论证缜密，确应加以吸取。从这里他开始提出自己的哲学见解，即坚持唯物主义的基本观点，同时力图以分析方法来论证这些基本观点。在这个意义上说，他的哲学可以称为"分析的唯物论"，这特别表现在1932—1933年他所发表的哲学论文。

1932—1933年，张岱年先生发表了十几篇哲学论文，其中比较重要的是在《大公报·世界思潮副刊》上发表的《论外界的实在》《谭理》等。

《论外界的实在》是用逻辑分析的方法对外界实在性做出论证。外界是否实在，是哲学的重大问题，一切有朴素唯物思想的人都肯定外界的实在。英国近代唯心哲学家贝克莱声称"存在就是被感知"，佛教哲学也讲所谓"心生万法"，都是否认外界为实在。哲学唯物论的任务则是从理论上阐明外界实在，并批判唯心主义的错误。许多人认为外界的实在乃是常识的自明性的，无须证明，或者认为外界实在只有通过实践确定，不可能从理论上进行论证。张岱年先生则认为对外界实在问题进行逻辑论证不仅是必要的，而且是可能的。他在文章中对外界的实在性做出了一系列细致的、有价值的分析论证，有力地批判了唯心论、感觉论。其实，无论用常识代替哲学论证，或把哲学论证与实践确定对立起来，都不仅否定了哲学存在的意义，也否定了对唯心主义的分析批判，这个问题本身就是个哲学问题。

《谭理》是用辩证唯物主义的观点总结中国古代哲学理事问题的讨论。通过确定理的意义主要是指形式和规律，通过把事物的规律区分为"所根据之规律"和"所遵循之规律"，正确阐明了理事先后的关系问题，深刻揭示了唯心主义和新实在论的认识论根源。此外张先生还写了一些关于认识论和辩证法的文章。

1932—1933 年张先生发表的这些哲学论文，受到哲学界的关注。1933 年 5 月《大公报》在发表《论外界的实在》时特加编者评论说："此篇析理论事，精辟绝伦。"并针对当时日本侵略军在华北造成的急迫形势激励读者说："有做出此等文字的青年的民族，并不是容易灭亡的。"熊十力先生在读过这些文章后，对张申府说，你弟弟的文章我看了，写得不错，我想和他谈谈。金岳霖、冯友兰先生也都予以较高的评价，所以 1933 年张岱年先生师范大学毕业后即为清华大学哲学系聘任。当时被称为清华天才的张荫麟也写信给张先生说："愿附朋友之末。"此后两人成为密切的朋友。

1935 年张岱年先生在北平中国哲学会讨论会上宣读论文《生活理想的四原则》，后来发表在《文哲月刊》上，阐述他关于在生活理想上应当贯彻的四项原则，这就是：理生合一；与群为一；

义命合一；动的天人合一。首先，他认为，人生哲学中最大的问题是生与理的问题，生指生命、生活，理指道德的准则。历来人生哲学或者重生，或者重理，分成两大派别。张先生提出，生与理不是对立的，应当统一，为了实现生活的圆满，必须遵守理，而理的作用也就是为了保证生的完善和充实，反对把理想与生活割裂为二。这种观点是与传统理学的主流相对立的。其次，以前的哲学家宣扬"与天为一"，认为"与天为一"是人生超越自我（无我）的最高境界。张先生认为，这种修养境界可以为获得这种境界的人带来精神快乐，但对社会、对他人没有什么实际益处。与群为一就是认清个人利益与社群的利益本来是统一的，它所代表的境界不仅要求超越个体自我，又同时要求促进社会利益。换言之，个体人格的圆满必须在谋求社会、大众的利益中实现。这个观点明显与当时冯友兰先生的观点不同。再次，义指道德的准则（当然），命是客观现实的限制（必然）。人的主观理想应当合乎客观发展的趋势，完全脱离现实的理想只是主观空想。同时理想的意义又在乎变革现实。所以理想应当顺应现实的发展趋势，而更要付诸实践以改造现实。最后，中国哲学家向来重视通过一种静的内心修养达到所谓天人合一的境界。动的天人合一则是要求人们从行动和实践按照自然界本身的规律改造自然，在实践中一方面使自然合于人的理想目的，另一方面又注意不使自然受到过度伤毁，使人和自然的关系得到协调的解决。这些论文表现了张先生的哲学思想对社会实践的强调和重视。

同年，张先生在《国闻周报》上发了题为《哲学上一个可能的综合》。提出了他自己关于哲学问题的基本构想。他认为，康德综合了唯物论、唯心论，而偏于唯心论，现在应有一个新的哲学综合，以唯物论为基础，综合分析方法、道德理想。这一综合体系的特点是赞扬唯物论和辩证法兼采分析派哲学的分析方法，运用分析方法论证唯物主义，同时要求选择继承中国哲学重视道德理想的优良传统。

张岱年先生 30 年代中期的哲学思想，一方面接受了辩证唯物论的基本观点，使得他是从旧哲学转向新哲学的少数几个哲学家之一；另一方面在某些方面还未能和传统的旧哲学割断联系。这是 30 年代一些从旧哲学转向新哲学的少数学者的共同特点，例如张申府、李石岑都有类似的情况。

抗日战争期间，张先生过着十分清苦的日子，专心从事学术的研究，进一步思考宇宙观、人生观和认识论的根本问题。1939 至 1944 年间，他写成了书稿五种。《哲学思维论》是哲学方法论的研究，着重论述了逻辑分析方法和辩证法。《知实论》讨论知觉和外在世界的相互关系，论证外界是知觉的来源，知觉以外界为条件。《事理论》论证了事物的实在性和规律的客观性，特别阐明了"理在事中"的唯物主义观点。《品德论》讨论道德价值与道德理想的问题，宣扬"刚健有为"的人生观。《天人简论》探究人与自然，人类精神和自然界的关系。与冯友兰先生的"贞元六书"相比，这五篇可称为"天人五论"。这些论稿是他 30 年代中期提出的唯物主义、分析方法与道德理想相互结合的见解的进一步发展与具体化和体系化，惜迄今尚未发表。

中华人民共和国成立后，张先生更加努力、系统地领会辩证唯物论与历史唯物论的原理，在哲学理论上的造诣进一步加深。但 1954 年以后，由于教学任务的改变，他致力于运用辩证唯物论和历史唯物论考察中国古代哲学的发展，对哲学理论的问题暂时存而不论了。

三

《论语》《孟子》《大学》《中庸》，张先生童而习之，从中学读书时起，便开始系统地阅读中国哲学的书籍，对于中国哲学史的问题也逐渐有了一些自己的看法。1931 年，他在《大公报·文艺副刊》发表了《关于老子年代的一假定》一文，提出老子的年代在孔子、墨子之后，在孟子、庄子以前，这篇文章收入了《古史辨》第四册。1932 至 1933 年，张先生还发表了《先秦哲学的辩证法》《秦以后哲学的辩证法》，对于中国古代辩证法思想进行了阐述，这在当时也是难能可贵的。此后数十年，重视阐扬中国哲学固有的唯物主义和辩证思维传统一直是他的哲学史研究的显著特点。

30 年代中期，张岱年先生在清华讲授哲学概论时，看到当时哲学概论的教科书和参考书都是讲西方哲学，感到在哲学概论中应该有中国哲学的内容，因而计划写一部关于中国哲学的概论。1934年秋天，他开始动笔，集中精力，用了近两年的时间，广泛系统地研究了先秦到宋明的哲学著作，按哲学问题加以条分缕析，于1936年夏完成了五十多万字的《中国哲学大纲》一书，时年仅27岁。当时经由冯友兰先生和张荫麟先生评阅，都认为很有价值，又由冯先生介绍，为商务印书馆接受。然而"七七事变"之后，商务印书馆南迁香港，又经太平洋战争爆发，书稿虽已经排版，却无法付印。后来张先生到私立中国大学讲课，在1943年才将《中国哲学大纲》印为讲义。1956年，商务印书馆找到旧存《中国哲学大纲》纸型，决定付印出版，这部著作终得问世。

《中国哲学大纲》是中国古代哲学固有体系、问题、范畴研究的开创之作，它与一般的中国哲学史通史著作不同。哲学史是按历史顺序叙述历代哲学家的思想，《中国哲学大纲》则是把古代中国哲学作为整体，按照不同的哲学问题分门别类地加以阐述。因而这是一部以问题为纲的中国哲学问题史。在这部著作中张先生着重考察分析并阐明了中国哲学的固有体系、独特结构和概念范畴。如指出中国哲学的主干为宇宙论、人生论、致知论；宇宙论中又有本根论和大化论；人生论又有天人关系论、人生理想论和人生问题论等。对中国哲学特有的范畴概念如气、天、理、道、神、本根等做出了准确分析。在全书的组织结构上，基本采用中国哲学固有的概念范畴，以显示出中国哲学的特点。这部著作在当代中国哲学研究中占有十分重要的地位。1983年中国社会科学出版社重印，两年后又再版。这部著作不但已被翻译成日文，有的亚洲国家还直接把它作为中国哲学课程的教材。像这样一部在五十多年前写成的，随着时间的推移，其价值却日益得到认识和肯定的著作，在当代中国学术界是十分少见的。

中华人民共和国成立后，张先生在教学和研究中试图进一步运用辩证唯物主义观点分析中国哲学的发展。1954年秋，北京大学哲学系重新开设中国哲学史课程，由冯友兰先生讲授先秦至汉初，由张先生讲授汉代至明清。当时张先生负责编写的并在1956年发表在《新建设》杂志的《中国哲学史讲授提纲（宋、元、明、清部分）》第一次使用马克思主义观点，为分析宋、元、明、清哲学提供了基本线索，直到今天，一些学有成就的宋明理学研究家仍常常回忆起这个讲授提纲带给他们的益处。

从1954年到1957年，张先生发表了大量重要的学术论文。1994年10月发表在《光明日报·哲学专刊》上的《王船山的唯物论思想》，首次论证了王夫之唯物主义的宇宙观，阐明了王夫之哲学在中国古代唯物论发展史上的卓越地位。1955年《哲学研究》第一期发表的《张横渠的哲学》，详细分析了张载哲学的体系。首次阐明了张载哲学的唯物主义性质和他对辩证法的贡献。1957年《哲学研究》第二期发表的《中国古典哲学中若干基本概念的起源与演变》与1957年《北京大学学报》第三期发表的《中国古典哲学的几个特点》阐发了中国古代哲学的一些基本范畴的意义及其历史演变和中国古代哲学的主要特点。这两篇论文实际上是对《中国哲学大纲》的进一步发展与补充，高度体现了他对中国哲学的全面把握和深刻了解。

从 1954—1957 年间张岱年先生发表的论文来看，当时他正处于学术工作的黄金时期，在思想上、学术上都更臻成熟。当时张先生计划写几种关于中国哲学史的专著，然而 1957 年后，张先生发表文章的权利被剥夺了。1958 年以后的一段时间，他专门从事哲学史资料的整理，参加《中国哲学史教学资料汇编》（先秦、两汉、魏晋南北朝、隋唐部分）的注释工作，这些教学资料不仅在配合 60 年代教学上发挥了重要作用，对今天从事哲学史教学的同志仍是必不可少的。

"文革"中，在高等教育遭长期破坏之后，1972 年哲学史的教学和研究又被提出来，张先生参加了北京大学哲学系《中国哲学史》教材的编写，写成了宋元明清时代的大部分章节。"文革"后这部教材经过修订，1979 年由中华书局出版，满足了打倒"四人帮"后哲学史教学的急迫需要。

1976 年"四人帮"被彻底粉碎，张先生在 1957 年遭受的错误打击终于在 1979 年得到彻底纠正，这使年已七旬的张先生精神振奋，心情舒展。他不顾年高体弱，加倍进行研究，以弥补过去二十年的损失。1978 年以来，他撰出著作两部，撰写发表的学术论文达三十余篇，一些著作正在撰写中。近年来，他除撰写了《老子哲学辨微》(《中国哲学史论文集》，山东人民出版社，1979 年)、《孔子哲学解析》（《中国哲学史论》）、《易大传的著作年代与哲学思想》（《中国哲学》第 1 辑）、《论庄子》（《燕园论学集》）等分析古代哲学家思想的重要论文外，更重视从总体上对中国古代哲学的各种问题做出理论总结和全面分析。如《中国古代辩证法思想发微》（《学术月刊》1980.6）、《中国哲学中的本体观念》（《安徽大学学报》1983.3）、《中国古代哲学的基本特点》（《学术月刊》1983.9）、《中国哲学中"天人合一"思想的剖析》（《北京大学学报》1985.1）、《论中国古代哲学的范畴体系》（《中国社会科学》1985.2）、《中国古代本体论的发展规律》（《社会科学战线》1985.3）、《中国古典哲学的价值观》（《学术月刊》1985.7）、《中国古代哲学中的理性学说》（《哲学研究》1985.11）等。这些论文对中国古代哲学的概念、问题、体系及其起源、演变做出了全面的论述和准确的分析，集中表现了他在把握中国哲学方面的广阔性和深刻性。

在这些论著中张先生揭示出中国哲学的特点，这就是：从部分上说，中国哲学在本体论上的基本观点是"体用统一"，这与西方或印度哲学割裂本体现象，以本体为真实而以现象为虚幻的观点不同。中国古代哲学的宇宙观是"天人合一"，主张人类是自然的一部分，自然的最高规律也是人生的根本准则。中国古代哲学方法论的基本思想是"真善同一"，认为认识真理的方法同时就是道德修养的方法，求知与求善不可分。中国哲学在理想和生活关系上最重视"知行一致"，要求在日常生活中体现道德理想，学说与行为必须一致。从总体上说，中国哲学的发展有一个长久的唯物主义传统和辩证思维传统，特别是辩证思维的传统构成了中国古代哲学独特的思维方式。中国哲学的整体结构表现为本体论，认识论与道德论的统一。中国哲学的基本表述形式是哲学与经学的结合，通过对经典的解说表达自己的哲学见解。这些特点决定了中国哲学的积极内容与消极因素。

在对待古代文化的基本态度上，前人泥于"信古"，五四后胡适、顾颉刚宣扬"疑古"，冯友兰先生主张"释古"，张先生则提倡"析古"，主张在分析的基础上批判继承。他以为中国哲学是有优良传统的，中国文化的基本精神，当归根到《易传》提出的"刚健""自强"思想。1985年他在中国文化讲习班发表了题为《中国文化与中国哲学》的讲演，进一步提出文化系统的分析与综合理论。他认为每一民族的文化构成一个文化系统，其中包含若干文化要素，不同的文化系统既有共同的、又有各自特殊的文化要素，分别体现了文化的普遍性与特殊性。他认为同一文化系统或不同的文化系统中包含的文化要素之间有相容和不相容的关系，同时一文化系统包含的文化要素有不能脱离原系统勉强拼凑到其他系统的，也有可以脱离原系统而改造容纳到其他系统的。一切符合客观实际的文化成果必然可以吸收到各个文化系统，一切适合社会发展需要的文化成果也必然彼此相容。社会主义文化建设既是一个新的创造，又是各种有价值的文化成果的综合。

四

张岱年先生从 1933 年执教起，迄今已五十多年，在治学上积累了丰富的经验。

他认为研究学问首先要有追求真理的热忱，有对祖国深切诚挚的感情。他常说，学问不是用来哗众取宠的装饰品，也不是用来谋求个人私利的敲门砖，自古以来凡在学术上有所建树，有所创造的人，都有追求真理的强烈愿望作为动力，为解决人生的疑难、探索自然的奥秘、挽救社会的危机而百折不挠地致力学术研究。

在治中国哲学史上，张先生强调必须力求理解古代思想家所达到的理论深度，这就首先要求哲学史工作者具有较好的理论素养。因为哲学史是研究古往今来哲学家关于宇宙、人生根本问题的学说，要了解历史上这些思想学说的真正含义，必须对这些思想进行"再思"或"反思"。研究理论思维的历史，必须具有能够从事理论思维的能力，否则不可能理解过去哲学家的深邃思想。其次，必须如实地把握古代思想家所提出的概念、命题的固有意义。古代哲学距离我们很远，他们所用的名词概念，所提出的命题判断，在今天大都不易理解。仅仅具备一般的古代汉语知识，也不一定能了解哲学命题的本义，必须反复阅读，仔细考索，才能了解其中的真正含义。张先生经常强调，司马迁所说的"好学深思，心知其意"是研究哲学史必须牢记的名言。张先生所以能取得很大成就，正在于他终身力行了这一铭语。

张先生指出，研究哲学史有几大忌，这就是：浅尝辄止，扬高凿深，望文生义，随意曲解，断章取义。《老子》中说"道之为物，惟恍惟惚"，有人把"为"字解释为创造，以为道之为物就是道创造万物，其实老子本意是指道作为一个东西。张先生常举这种例子力诫研究者匆匆以主观臆断代替深思知意。

关于撰写学术论文，张先生提出，首先，要充分了解学术界在某一方面的研究状况，这样才能鉴别自己的心得是不是新的见解，有没有价值，也才能在前人的研究和争论中发现疑问，进一步考察。其次，要充分掌握关于某一问题的所有资料，不经过这种"竭泽而渔"的功夫，所写的论文就可能有漏洞，易被驳倒。再次，要发挥独立思考的精神，不要受权威或已有结论的束缚，力求发前人所未发，即发现前人未曾发现的客观事实或客观规律。他认为，一篇成功的学术论文必须达到三个要求，即持之有故、言之成理和有益于社会。张先生本人治学以谨严见称。强调无征不信，谨守史料所能证明的界限，否则宁可存疑。他的治学精神的核心是实事求是，他在长期中国哲学史研究中总结的经验，比较集中地体现在1987年出版的《中国哲学史方法论发凡》一书中。

张先生从教五十余年，学生中多数已成为今天教学和研究的中坚。张先生既是一位诲人不倦的导师，又是一位诚恳宽厚的长者，接触过他的同志、朋友、学生莫不受到他平易近人作风的感动。不论什么人登门请教，他都竭诚接待，无论提出什么问题，他都认真听取，耐心解答，对学生循循善诱而又严格要求。他批阅研究生的论文，一个错别字也不放过。张先生严于律己而宽以待人，对于奖掖后进，培养人才，更是不遗余力。打倒"四人帮"以来，学界友人学生及晚辈请他做序、推荐文章、撰写评审意见的不计其数，平均每年中为同志们审看稿子、写意见要花费两个月以上的时间。身边的同志常劝张先生抓紧时间写出自己计划的专著，张先生却说，"四人帮"耽误了多年，我治学虽忙，这些工作不能不做。

张先生从来不争名誉、不争地位，对金钱更不计较，对同志的困难，常慷慨相助。他常主动询问他的同志、学生家中有何困难需要帮助。有一学生去世，张先生连续三年给这个学生的家属每年寄一百多元以资助生活。他与晚辈、学生合写文章，稿费从来全部给合作者。张先生曾与三位中年学者共同编著《荀子新注》，自己主动提出不要稿费。1978年至1979年张先生在北京大学为研究生讲授《中国哲学史史料学》课程，中国人民大学哲学系一位同志与北大一些同志一起为张先生做了详细记录，提供给张先生整理参考。1981年这位同志去世，次年出书后张先生把稿费的大部分都送给了这位同志的家属，一时在人民大学传为佳话。张先生的道德文章，识之者莫不交口称道。正唯如此，国内不少中青年学者，仿照旧式习惯以"私淑弟子"自居。这绝不是崇尚张先生名望，实是慕张先生为人之诚。的确，张先生的个人作风，充分体现了马克思主义世界观和中国哲学优秀传统的结合。

张先生平日不吸烟，不饮酒，衣着朴素，生活节俭，一生以求知、读书和著述为乐事，此外更无嗜好。先生治学，兼用多种方法，或做卡片，或记于书眉，或夹记纸签，不拘一格。自学哲学之后，常常从事于深沉思考。晚年体衰，常卧床而思，辄有所得，即跃起记于纸上，复再思之，其勤于思索如此，他的座右铭是：

自强不息，立不易方。

好学深思，心知其意。

追求真理，永远前进。

注：此文写于 1985 年冬，曾经张岱年先生亲笔改正多处，但后来一直未发表，今已忘记其故何在。我在文中认为张先生 30 年代的哲学可以称为"分析的唯物论"，张先生当时看后对我说，在 30 年代有人也曾这样说过。又，我把张先生 40 年代的五篇哲学论著合称为"天人五论"，也得到了张先生的首肯。今年是张先生九五大寿，特将此文寻出发表，以为纪念。

2003 年 2 月陈来谨识

（原载《河北学刊》，2003 年第 3 期）

追忆张岱年先生

我从 1978 年 6 月起做张先生的学生，值得回忆的事情很多，不可能一次全部写出来。所以张先生去世后，我写了《张岱年先生与我的求学时代》，其中回忆了我在念研究生和博士生期间跟张先生的个人交往，因为当学生的这一时期我跟张先生往来最频繁，也最值得回忆。1986 年我出国访学，1988 年返国，然后从北太平庄搬往城里，离学校渐行渐远；1989 年小孩开始上学，每天早中晚都要接送小孩，所以我到学校的时间大大减少。又因为常常出国，所以到张先生家的次数，比起 80 年代当学生的时候，也明显少了。当然，这种减少也是正常的，因为随着我们自己由学生变成老师，随着学问的成长，学术上面的许多问题我们可以经过自己的研究来解决，不必像初学时碰到问题就问老师，或写了文章就请老师阅改。反而，我们自己要逐渐多花一些时间回答学生的问题，阅改学生的文章。同时，由于科研和教学工作繁重，时间总是不够用。于是，除了在开会的场合跟张先生见面外，一年里头，去张先生家不过两三次。当然，张先生有事会给我写信。现就有关张先生和我的个人交往，再写一些回忆。

"诚穿凿，也要诚肤浅"

1979年夏"中国哲学史方法论"课结束，大家交了作业后，张先生召集我们十个同学一起谈话。他对每个人的作业都作了简要的评点，其具体内容已经记不起来了，只记得他上来先评李中华的作业，说"李中华同志很会写文章"。在这次谈话的前一堂课，张先生把我考研究生前寄给他的文章还给了我。1980年6月12日张先生就大家的论文选题召集大家谈过一次话，讲了做学问的一些方法。这次谈话我留有简要记录，记录了主要的意思，他说：

> 日知其所无，月无忘其所能，此可谓好学也矣，这是子夏的话，顾炎武因有《日知录》，作学问也要这样。
> 做论文，对重要问题要有新见解，选择题目，要考虑客观需要、主观水平，再三考虑，做出选择。
> 做学术工作，应当学有中心，一专多能，荀子《解蔽》说"未尝有两而能精者也"。代表著作要细读，才能事半功倍。也要注意学术界的争论问题，看看《哲学研究》《历史研究》

171

各种学报。班固说"司马可谓勤矣"，勤还是重要的。要常写文章。

写论文要谨严，没有充分根据不下结论，结论不超过材料证明的限度。诚穿凿，也要诚肤浅。

关于修养问题，从前儒家讲修心养性，老子讲修道养寿，修即是改，养即是培新，提高精神境界还是重要的。陶渊明的诗"岂不实辛苦，所惧非饥寒""望云惭高鸟，临水愧游鱼"，唐裴行俭"先器识，后文艺"，这些古人的境界都很高。子张"执德不弘，信道不笃，焉能为有，焉能为无"，龚自珍"避席畏闻文字狱，著书皆为稻粱谋"，这都要注意。

以上是我的简单记录，这个记录我是在张先生去世后才发现。张先生这次谈话是讲写论文和做学问的方法，但其中还说："新实在论说'客体实在，共相也实在'。"为什么扯到新实在论，已经记不起了。张先生习惯说"谨严"，少说"严谨"，他曾经在课上对我们说，他自己治学的特点就是"比较谨严"。从张先生的这次谈话也可看出张先生主张的治学方法，这就是"好学"和"谨严"，也就是张先生常讲的，要"好学深思，心知其意"。

"担心人不会思考了"

早在 70 年代末到 80 年代初，在张先生还住蔚秀园的时候，张先生对我常常谈到熊十力，张先生说，熊十力爱骂学生，但张先生略为庆幸地说："他没有骂过我，他不把我当学生。"他说中华人民共和国成立后他去看熊十力，熊十力说："我现在很担心，担心现在的人都不会思考了。"张先生在讲述此事时，并没有表示半分对熊十力的不赞成，相反，他的讲述态度和神情表示出他很欣赏这个讲法，带着很觉得熊十力有先见之明的意味。这个故事他讲过不止一次。这显然是针对我们中华人民共和国成立以来一系列"左"的做法，用意识形态的一统性压抑了人的自由思考。张先生一生信仰辩证唯物论，积极拥护社会主义，但作为有着被打成"右派"的经历和亲历"文革"经验的老学者，他借用熊十力的说法，表达了他对学术自由思考的要求。

张先生后来还说过几次："你看冯先生吧，专讲新理学的'理'，他还是有那个境界，我是讲'气'，结果闹了一肚子气！"张先生讲这个话的时候，带着自嘲的口气，我们听了也觉得很幽默，但可以看出，"反右"对于他的确是一段痛苦的经历。70年代末80年代初，张先生跟我谈话，常常提及说"昨天人民大学某某人来了"，说了些什么政治和意识形态的动向。与大家一样，张先生对当时那些"左"的活动很关注、很反感。

80年代后期，熊十力的学生、港台新儒家的一些学术观点介绍到内地，引起学界的注意，特别是唐、牟。我问张先生是否了解他们，张先生说："40年代他们在哲学界都不是一流的学者，可我们折腾了这许多年，他们倒写出书来了。"张先生对我说："新

173

儒家的书我是不看了，看了，以后还说我受了他们的影响。你们
可以看看。"

"最感谢冯先生、金先生和张申府"

张先生去世以后，我在收拾东西的时候找到了一些旧稿，其
中就有《张岱年先生传略》和《张岱年的哲学思想》，上面还有
张先生的修改，应当是最初的初稿。另外还有一张纸，是张先生
自述其为学的大略记录，是张先生要我写传略之前和我谈话的记
录，时间应在 1983 年冬。大略如下：

> 我早年受两个影响，一个是研究罗素，一个是研究辩证
> 唯物论，我对两方面都尊崇。又尊崇孔子，主张孔子、罗素、
> 列宁三结合。大学在北师大教育系，本来考上清华，清华搞
> 军事训练，我不愿意。当年师大招生是 10 月，北大招生是 11
> 月，所以就考了师大。我对教育没兴趣，受张申府影响，大
> 部分时间都看哲学书。罗素的书都是看英文原著，穆尔、怀
> 特海也是一样。辩证唯物论也不都受张申府影响，大革命后，
> 辩证唯物论、历史唯物论都传播开了，最有影响的是李达从
> 日文转译的《辩证唯物论教程》，影响很大。学术上我最感
> 谢冯友兰先生、金岳霖先生和张申府。
> 刚解放我在清华讲"辩证唯物论""辩证唯物论研究""马

列主义原理"，1951年听人大苏联专家讲苏联共产党史，后来专搞中国哲学史。我比较注意中国哲学的概念范畴的确切意义、中国哲学本身的体系结构，采取客观的、实事求是的态度，我比较注意阐发两个传统，唯物论的传统和辩证法的传统。对中国古代道德伦理思想的论述比较重视。

1965年我到朝阳区参加"四清"，1966年6月2日因大字报广播了，我才回来。学校东南门贴着标语：资产阶级教授一律靠边站。9月把老教师分开，郑昕、王宪钧、黄子通、宗白华一组，我、周先庚、李世繁、熊伟、洪谦另成一组。我本来住中关园16号平房，抄了家，说我是地主资产阶级分子、大"右派"，抄走了日记、卡片，还让我每天写思想汇报。写了几天，大串联开始了，人都走了，我倒解放了。我们这组冯友兰、我、朱伯崑、李世繁、熊伟、周先庚、洪谦，每天必须6点早起扫地，扫到南阁附近，哲学系在那儿，那时还是聂元梓领导，一直到1967年6月1日。冯先生有一阵病了，医院说是反动学术权威，不给治。

这份记录是否完整，我自己也记不得了，但其中的内容，比勘张先生全集中的资料，与其中收入的张先生自撰的回忆录的内容是一致的。

老清华的记忆

　　张先生年轻时和张荫麟关系很好，张荫麟是清华的才子，陈寅恪特别赏识他，他后来留美，回国后即作哲学系和历史系合聘的专任讲师。张先生住蔚秀园时对我说，30 年代时，一天收到张荫麟的信，说很赞成张先生的文章，愿意和张先生订交，所以两人成为好朋友。张先生还说，可惜张荫麟为家庭所累，为女人所累，死得太早。张荫麟长张先生 4 岁，当时的才名颇盛一时，所以他主动结交张先生，张先生觉得这是他早年在清华很值得纪念的事。后来我有一次看到张荫麟评冯先生《新理学》的文章，觉得他的观点确实跟张先生接近。张先生的《中国哲学大纲》写成初稿时也请张荫麟看过，晚年张先生也提起过张荫麟，张先生说："张荫麟走错一步，陈诚当时很看重他，请他作秘书长，他离开清华去了，结果不合而散，清华也不接受张荫麟了。他只好到浙江大学，家庭又出问题，结果死了。"

　　张先生也提到与张荫麟并称清华才子的钱锺书，说："张荫麟是清华才子，清华有两个才子，一个是钱锺书，一个是张荫麟，张比钱早一些。张荫麟文史哲全通，但他写出的东西，像中国史纲，是在历史方面。钱锺书本来和我也有交谊，但 1957 年出事后，路上见面我和他打招呼，他不理，以后我也就不理他了，不高攀了。不过他太太还客气，1957 年后见面还点头。钱锺书自己说在清华早年最得力的老师是张申府，他经常去看张申府，所以在张申府家他和我见过多次。新中国成立后他请张申府吃饭，要我作陪，所以我还欠他一顿。"张先生说这话时，是微笑着的，表示他对"反右"时的人事变化并不在意。张先生还说："钱锺书有些看法还是深刻的，新中国成立后有一次他对我说，咱们是沾了理科先生的光，本来文科先生不要了，可是理科先生还得要，所以咱们都沾了他们的光了。"

30年代时清华的师生不多，所以大家都互相认识。1987年我在哈佛时，有人带我去看方志彤先生，方也是清华出身，一直在哈佛教书，太太好像是德国人。他很健谈，说他和钱锺书互相最了解，钱看过什么书他都知道，他看过什么书钱也知道，他还说冯友兰的妹妹嫁给张岱年。我当时想，他连冯先生和张先生的亲戚关系也知道，的确是清华的老人儿。他的藏书想要捐给北大，但那时北大连运费都拿不出来，此事直到近两年才办成。后来回国我跟张先生谈起，张先生也知道他，说他是朝鲜族，我恍然明白，我说怪不得听他的口音有点特别。

1990年底，我因北大老不给我分房而颇觉愤愤然，因此产生离开北大的念头。于是在一次会上我与清华大学思想文化研究所的先生提起，研究所的钱逊、刘鄂培先生都很积极。我跟张先生谈起这事，张先生立即表示赞成，说："到清华也挺好，你还可以在北大兼课。"可见张先生对清华确实是很有感情的。于是1991年我给北大吴树青校长写了信，谈我的房子问题，那时我已经作了决定，如果吴校长不能解决，我就去清华。不过，吴校长收到我的信后，很快就批了，学校给了我蔚秀园的房子，这样我就没有离开北大。

为我介绍学界前辈

张恒寿先生是 30 年代清华的研究生，张先生与张恒寿订交甚早，两人在抗战时都在北平，过从较为密切，据说还同住过一个院子。我作研究生的时候，读《中国哲学大纲》，知道张恒寿先生是张先生私交甚笃的朋友，治学方法也非常相近，互相欣赏，所以我把张恒寿先生一直当作亲切的前辈，好像武侠小说所说的本门师叔（其实恒寿先生比张先生略长）。80 年代前期他出版了《庄子新探》，大家都觉得很了不起。他也写宋明理学的文章，论断很平实，所以我很留意他的文章，也很景仰他。但是认识张恒寿先生是在 1986 年夏天，当时北京西山开了一个中国哲学价值观的讨论会，张恒寿先生也带了他的学生来，他一见我，好像熟人，很亲切，对我的学习研究也很了解，我想这是因为他和张先生是至交，所以对张先生的学生很注意。后来，大概在 1989 年冬，我跟张先生谈起张恒寿先生，表示也想和他多亲近，张先生说他每年夏天来北京，到他女儿家住一阵。这事就这么说过去了。没想到，1990 年 8 月的一天，那时没有电话，忽然收到张先生的信，告诉我张恒寿先生来北京了，并告诉我他女儿在和平里的地址。

从这件事可见张先生待人做事的诚恳，对有益于学生的小事，也记得这么清楚，我觉得这在别人是很难做到的。于是我就去拜访张恒寿先生，他送给我在人民出版社出的《中国社会与思想文化》，我呈送了自己写朱熹的两本书。因听张先生说张恒寿先生善写字，我便请他为我写一条幅，这就是后来我家里一直挂着的那幅恒寿先生写的王阳明诗，"铿然舍瑟春风里，点也虽狂得我情"。可惜张恒寿先生1991年就去世了。

张先生介绍我认识的另一位老先生是陈元晖先生。大概在1990或1991年的时候，一天张先生对我说，陈元晖先生提名你参加孔子学会学术委员会的工作，你有时间去看望看望他。于是，我就照张先生给的地址，去拜访在景山人教社住的陈先生。见了面，我说谢谢您提名我作孔子学会学术委员会副主任。陈先生说："我没提名你作学术委员会副主任。"我一愣，陈先生接着说："我是提名你作副会长。"这使我大感意外。此后我又去过陈先生家两次，陈先生那时听力不太好，但谈得很愉快，因为陈先生反对民族文化虚无主义，他也知道我是不赞成反传统主义的。每次我赠呈自己的书给陈先生，他都把他新出的书回赠给我，还说，我们比赛，看谁写得又多又好。我觉得这位老先生的精神真的丝毫不让青年，而且对青年学者极为亲切。可惜，不久陈先生就去世了。我本想写点东西纪念他，但我与陈先生的往来经验不够多，终究没写出来。

179

我帮先生做事

做学生时也帮张先生做点小事。1984 至 1985 年的时候，张先生在写关于中国哲学中的理性的文章，有一天他问我，义理之性的提法不知是谁先提出来的。我就去查书，正好当时我也正在写朱熹论理气同异的问题，后来我在朱熹的弟子陈埴的《木钟集》里找到义理之性和血气之性对用的例子，然后报告张先生，张先生以后在文章中就以此作为例子。又比如 1984 年冬天一位同志把他的有关朱熹的书稿寄给张先生审看，张先生就让我来看，我看后举列了书稿中的多处错误，交给张先生，张先生便转达给作者。作者后来跟我说："如果不是你看了提意见，那就要出丑了。"1985 年张先生要去上海开会，讨论《中国哲学辞典》，他就要我先看看，有什么问题，我就翻一遍，挑出一些错误或不足之处，主要是理学和新理学方面的，写在纸上，交给张先生备用。我也替张先生给青年学生回过信。据现在浙江大学任教的何俊同志说，1986 年他收到了张先生的回信，看笔迹似乎就是我写的。能为张先生做一点有用的事，我觉得很高兴，可惜后来我便出国，返国后家住更远，也就很少帮张先生做什么了。当然，1985 年以后，清华成立了思想文化所，请张先生做所长，有了这样一个实体，张先生的许多事都由所里老中青同志主动承担了。而且 90 年代以后，张先生大概知道我们也忙，也就很少要我们做什么了。唯一一次，是 1992 年前后中华书局要编辑《传统与现代化》杂志，请张先生作主编，也想找一位张先生的学生给张先生帮忙，当时张先生把我找到家里，大家一起见了面，我也没有推辞，不过以后这个杂志并没有找我参加做什么事，我想张先生自己其实也不过挂名而已。

有一次，我给张先生打电话，总是听着张先生家的电话滋啦滋啦地响，声音质量很差。1998 年 9 月初，我对系里一位管行政的副主任说，系里可以在教师节时去看看张先生，借这个机会送给张先生一部新电话。这位同志居然说："明天系里发购物票，自己买去！"我听了很生气，转头就走了。从这点可以看出，北大许多行政人员对老先生根本没有尊敬之心，根本不知道一所名大学的生命是由名教授支撑着的。进入 21 世纪后，张先生搬了家，新的系主任赵敦华等去看张先生，送了一部电话，还送了一台电视，祝贺他的乔迁，对此我觉得很欣慰。90 年代后期，一次学校社科处找我，说欧洲有一个奖，奖金还比较高，学校希望张先生报，要我们帮张先生组织材料，我们也做了一些工作，可惜后来未能办成。

"现在对传统文化有很多误解"

1990 年 5 月，《光明日报》和辽宁教育出版社的一些同志要办"国学丛书"，请张先生作主编，要我写《宋明理学》。当时我的《有无之境——王阳明哲学精神》刚刚交稿，想暂时告别宋明理学，于是我就向张先生请辞。张先生说："你还是写吧，你把以前写的东西作基础，加以扩充修改，也只有你最合适了。"我只好从命。"国学丛书"每本都有张先生写的《国学丛书序》，提出国学是中国传统学术的简称，提出了当代研究国学的态度，对有关国学的问题作了精辟的界定和分析。

"国学丛书"出版后，国内一系列以"国学"命名的出版物接连出现，1993 年《人民日报》针对当时商品经济大潮对学术的冲击，也报道了北大学者从事国学研究的情况。这引起一些反对传统文化的人的注意，一家杂志刊登文章，认为"国学"的概念是排斥社会主义文化的可疑观念。我看后对张先生说，您在"国学丛书"的序言中已经把国学的概念讲得很清楚了，怎么说是可疑的概念呢？张先生说："现在看来有种种误解，研究国学不是复古，你可以跟他们打个电话。"于是我就打电话给杂志的主编，表示对这种提法的不满，但我并没有说是张先生建议我打的。不过，这些误解不仅没有消除，反而引起了这家杂志后来对包括我在内的一些同志的批判，这倒是我们始料不及的。

"胸有成竹、目无全牛"

张先生善于"活用"各种成语和典故。张先生晚年，《纵横》杂志约我写篇介绍张先生的文章，为了介绍张先生的情况，1996

年 12 月我就去张先生家谈谈。张先生说，他的晚年思想可以概括为两句话，他说："我现在是'胸有成竹''目无全牛'。"依张先生的解释，"胸有成竹"是指为中华民族的振兴而建设有中国特色的社会主义；"目无全牛"是指对西方文化和中国文化都要进行分析，不要把任何一方当做不可分析的整体。由此可见，这里的"胸"是指胸怀、境界，"目"是指眼光、方法。前一句是指追求的目标，也就是他在人生中的既定目标；后一句是说在文化思考上的分析方法。可以说：这两句话是张先生的"明志"之言。

回顾自己的学思历程，张先生说："我对哲学理论有点看法，其次是中国哲学史，第三是文化问题。哲学上与张申府比较一致，在中国哲学史上与冯先生比较一致。"

"1957 年以后，二十年荒废，没做出什么来。都不敢说真话了。鲁迅不死，不知是什么结果。（19）57 年到'文革'，整个民族吃了大亏了。"张先生说，"从前人说'不容已'，马一浮是'已'了。冯先生就是'不已'。我近来觉得'不能已'这三个字很好，我现在就是'不能已'"。（按"不能已"是明代哲学中泰州学派的罗汝芳常提的说法，张先生用这个说法，可能是表示他老而弥坚，自强不已的意志和感觉。）

"21 世纪中国哲学应该可以活泼一点吧。21 世纪中国大大发展起来，兴旺发达，中国应当在世界学术界有更高的发言权，参加国际论坛。但文化还应多元。"文化还应多元，说明张先生并不赞成那种"21世纪是中国人的世纪""中国文化未来要领导世界"的盲目性的说法。

在这次谈话的最后张先生谈到孔子,说孔子对伯夷、叔齐与文王、武王两方面都赞扬。至于何以谈到这个问题,我已经记不起来了。可能是指对传统文化的持守和政治事业的开新都应当肯定。

1997年10月,我从美国回来去看张先生。由于1997年2月邓小平逝世,所以这次谈话也谈到邓小平。在这次谈话中,张先生说,党的十五大肯定邓小平理论,是正确的。

"我可以死矣"

张先生90岁出头的时候身体尚好,我说您的身体比冯先生90岁时要好,将来可能比冯先生还长寿。张先生说:"我是比冯先生90岁的身体强,我大概可以活到95岁。"2004年4月,张先生住院时,我和中华去北医三院看他,当时中江已经先在那里,张先生见到我们很兴奋,说话的声音很大。他问我们他住院多久了,我们说四五天了,他说他觉得没住两天,好像昨天来的。当时他说:"我可以死矣。"我说马克思还没给您下请帖呢,您要安心养病。李中华兄说,您的任务还没完成,要活过100岁。张先生以他一贯的作风答应道:"那好,我服从组织的安排。"我们都轻松地笑起来了。当时张先生说话的声音特别大。比平常在家说话的声音大很多，我们都觉得他说话有底气，这一关应当能平稳度过，没想到两星期后他就遽归道山了。

张先生 90 岁的时候也在协和医院住过院，但那次住院他从没说过"死"的话。"可以死矣"，一方面反映了张先生这一次住院对死亡的即将来临在生命上已经有了感觉，另一方面表示他在死亡的面前已经没有什么放不下的牵挂。张先生以前几次提起过，新中国成立前，他曾经陪金岳霖先生在清华散步，金先生说："《知识论》这本书我已经写完了，我可以死矣！"所以，张先生这次住院时说"我可以死矣"应当是套用了金先生的话，也是老一代哲学家生死观的表达，即自己要作的学术工作已经基本完成，死而无憾了。

写于 2005 年 7 月

（原载《社会科学论坛》，2006 年第 1 期）

我所知道的陈荣捷先生

陈荣捷先生，1901 年 8 月 18 日生于广东开平。这位战后北美最著名的中国哲学研究家，在即将迎来他的第九十三个生日的时候，1994 年 8 月 12 日，安然度完了他的最后岁月，在美国匹兹堡市布列度医疗中心溘然谢世。

一

陈先生生于广东省开平县（今开平市）三江乡南滘里。他的父亲早年赴香港谋生，后转曼谷，于 1881 年渡美，在俄亥俄州建洗衣馆，以克勤克俭的精神，立业成家，每四年返国省亲一次。陈先生五岁入私塾开蒙识字，后入乡之大馆，少年时勤苦好学，热心追求新知识，父亲从美国带来的新生活方式和新事物新知识，

186

从小造就了他开放的心胸。

陈先生于 1917 年入广州岭南中学，1919 年参加广州学生的五四运动。1920 年代表岭南中学参加广州学生联合会，并被选为该会部长，经常深入民众，发表讲演。1921 年入岭南大学，课余服务于工人夜校，任副校长。1922 年曾与岭南大学同学十余人共同创立"中国文学研究会广州分会"。

1924 年先生在岭南大学毕业，授文学学士学位。同年秋天，与岭南同学李蕙馨女士结伴赴美留学。先生入哈佛大学修文学，李女士入波士顿新英伦音乐学院修习钢琴。1925 年先生改入哈佛哲学系，主修美学与西洋哲学。1928 年与李女士结婚。1929 年以"庄子哲学"的论文通过笔试和口试，获哈佛大学哲学博士学位。夫人亦同年毕业于音乐学院。

1929 年秋，先生任岭南大学教授，不久任校务秘书，1930 年任岭南大学教务长，协助钟荣光校长发展校务，建树良多。1935 年先生应美国夏威夷大学敦请，前往讲授中国哲学，1936 年秋任夏威夷大学访问教授，1937 年改任夏威夷大学中国哲学教授，1940 年兼任夏威夷大学哲学系主任。

1942 年夏威夷大学因太平洋战争暂时停办，先生时欲东归报国，以交通阻滞竟未果。遂应新罕布什尔州（New Hampshire）常春藤盟校之一的达特茅斯学院（Dartmouth College）的邀聘，往任该校的中国文化哲学教授。次年，接受该校所赠荣誉硕士学位。达特茅斯学院是美国较早特聘教授讲授东方文化之地，在陈先生之前主持达特茅斯学院东方文化讲座的教授就是有名的大卫·拉铁摩尔。拉氏 1943 年退休，陈先生即继之而来。1948 年先生返回祖国，访各地，了解战争及战后的各方情况。

1951 年先生任达特茅斯学院文科主任（如文学院，下设九系），中国学者在美国著名高等学府担任重要职务可以说是从先生开始。1966 年先生照达特茅斯学院制度退休，学院赠与中国思想文化荣誉教授。后 1980 年学院更赠先生以人文荣誉哲学博士。1966 年 9 月，应宾夕法尼亚州匹兹堡市的查塔姆大学（Chatham University）之聘，出任该院 Anna R.A.Gillespie 讲座教授。先生因此校不必承担行政责任，而校园幽美，又酷似岭南大学及达特茅斯学院，故乐往就之。1971 年，先生 70 岁，彻谈慕女子学院讲座任满，改无定期。1981 年彻谈慕学院选先生为 Buhl Foundation 荣誉教授。1982 年由彻谈慕学院退休，赠予荣誉博士学位。1987 年先生还曾获华巴斯学院（Wabash College）荣誉博士学位。

1965 年先生即接受哥伦比亚大学中国思想访问教授之邀，1975 年先生任哥伦比亚大学中国思想兼任教授，与狄培瑞教授共同讲授宋明理学，直至 1991 年。1975 年后，先生任美东理学研究组主席。

先生 1978 年选为台湾"中央研究院"院士，1980 年选为亚洲及比较哲学会会长（任两年）。1939 年先生与美国哲学界知名人士数人创办了"东西方哲学家会议"，至 1989 年已举行六次会议。

先生长期担任《东西方哲学》期刊编辑团委员（1950—1967），后任顾问（1967—1994）。

二

先生一生著述甚丰，英文著作计有：《现代中国宗教之趋势》（1949），《中国哲学历史图》（1956），《中国哲学大纲与附注书目》（1959），《陈荣捷哲学论文集》（1969），《朱熹的生活与思想》（1987），《朱熹新研》（1989），《中国哲学论集》（1994）等。

中文著作计有：《朱学论集》（1982），《朱子门人》（1982），《王阳明与禅》（1984），《王阳明〈传习录〉详注集评》（1984），《朱子新探索》（1988），《朱熹》（1990），《〈近思录〉详注集评》（1992）等。

英译中国经典计有：《传习录》（*Instruction for Practica living*）（1963），《老子》（*The Way of Lao Tzu*）（1963），《六祖坛经》（*The Platform Seripture*）（1963），《中国哲学资料书》（*A Sorsce Book in Chinese Philosophy*）（1963），《近思录》（*Reflection on Things at Hand*）（1967），《中国哲学》1949—1963（*Chinese Philosophy*，1949—1963），《陈淳性理字义》（*Neo-Confucian Terms Explaned*，*by Chen Chun*）（1986）等。先生的中英文论文近160篇。（据不完全统计）

189

《中国哲学资料书》一书在美国流行极广，为学习中国哲学者的必备之书，此书 44 章，856 页，有词必释，有名必究，有引文必溯其源，附注达三千余条，对重要观念文句，每加评论，并指出其在中国哲学史上的地位。先生是英语世界翻译中国哲学名词范畴下力最巨的学人，其译法在英语世界堪称典范，深受学者的重视。

先生在达特茅斯学院退休前，正是美国的中国哲学研究起步之时，先生屡屡受邀撰写各种百科全书的中国哲学部分。如《大英百科全书》的"中国哲学""儒家""道家""理学"等，60 年代西方百科全书的中国哲学部分几乎全部是由先生执笔撰写，1966年先生任《哲学百科全书》中国哲学主编，该书为世界哲学界联合组编，以世界哲学权威人士为编辑委员，书成凡 8 册，500 万字。先生被欧美学术界誉为介绍东方哲学文化思想最完备的大儒。

先生是四十年来美国中国哲学研究的重要推动者和领导者，东西方文化哲学沟通的元老，亚洲哲学的权威，而在推动理学研究方面，贡献尤大。1966 年狄培瑞教授主办"明代思想国际研讨会"，会议文集由狄培瑞主编并题献先生。1970 年狄培瑞在意大利召开"十七世纪中国哲学国际会议"，1972 年夏威夷大学召开"王阳明哲学国际会议"，1974 年美国学术团体联合会与狄培瑞主办的"中日儒家实学思想国际会议"，1977 年杜维明主办的"清代思想国际会议"，1978 年陈学森主持的"元代思想国际会议"，1981 年狄培瑞主办的"韩国思想国际会议"等，先生都是积极的参与者与推动者。1982年先生创办"国际朱熹会议"于檀香山，传为一时佳话。1989年第六届"东西方哲学家会议"在夏威夷东西中心举行，也是先生只手促成。哥伦比亚大学的理学研讨会每周一次，狄培瑞主持，先生每次必到，中午从匹兹堡来，自备三明治，下午研讨会结束，戴夜色而归。

先生自己说过，"我在美讲授中国哲学五十年，曾历四时期。一为介绍中国思想，二为翻译经籍，三为讨论中国哲学范畴，四为研讨朱子。"美国20世纪50年代后开始研究和学习中国思想的学者，无不受惠于先生，或出其门下，或受其奖掖，或得其指点教益，旅美华人学者承其照顾尤多。先生对青年学人非常热情，有问必答，和蔼可亲。

先生以毕生的精力在海外传播中国哲学与中国文化，20世纪40年代之后，虽身籍美国，而其心念，未尝不系于祖国及祖国文化。先生曾有诗：

> 海外教研四秩忙，攀缠墙外望升堂。
> 写作唱传宁少睡，梦也周程朱陆王。
>
> 廿载孤鸣沙漠中，谁知理学忽然红。
> 义国恩荣固可重，故乡苦乐恨难同。

"梦也周程朱陆王"不仅说明他对宋明理学的关切，实际上更表现了他对中国文化的深深眷顾。一句"义国恩荣固可重，故乡苦乐恨难同"，把先生那令人崇敬的人格与情怀显露无遗。

先生青年时在广州时常讲演，二战期间，1944年曾承赛珍珠女士之约，在美国东南诸州巡游讲演，故极具讲演之才能。我在第六届东西方哲学家大会上曾亲耳聆听先生的讲演，先生中英文皆运用自如，声音有力，亦庄亦谐，感人真切，听讲者皆赞不绝口。

先生既是诲人不倦的导师，又是律己端谨的儒者，生平不烟不酒，但无一日不读书，待人接物，极为可亲。先生数年前在台北接受一项奖金，立即捐赠学校，他曾告诉我，身后将把的所有的藏书赠送给哥伦比亚大学。

三

在当今中国哲学研究的领域中，陈老先生是我最为敬重的前辈学者，他不仅学术成就享誉四海，而且德高望重，有口皆碑。我以晚生蒙先生知，受其恩惠甚多。

1981年，我翻译了陈老先生英文论文，时逢先生来杭州开会，便将译稿交邓艾民先生面转先生审看，先生不仅对我的拙劣翻译未加批评，反而以"译文甚精"给以鼓励，使我喜出望外。1983年先生为《中国哲学年鉴》撰写大陆中国哲学研究评述，竟对我一篇小文特别加以奖掖，更使我深受鼓舞。1986年我初到哈佛，即致书先生，先生在台北途中复信给我，多所指教。1987年春先生来波士顿参加亚洲学会，特邀我共饭，我即以朱熹博士论文奉呈请正。别后先生书来，颇加赞许。我又以《朱子书信考证》一书请序，先生亦慨然应允，未久即赐下。1988 年因先生之故我曾至哥伦比亚大学讲学，每周皆得与先生见面。回国之后与先生保持联系，每月皆有书信往还，所说无非学问之事。

1989 年夏参加东西哲学会议，我以新印《朱子书信考证》一书呈先生，先生竟于会议期间为拙书制作一份索引，使我无任感激与惭愧。1989 年秋先生来京参加纪念孔子 2540 诞辰，曾与总书记会见，会后先生邀我陪同参观中国农业科学院种质库。适时在风波之后不久，我观先生，处此极具历史眼光，非常人可比。次年冬，先生以 90 高龄来武夷山参加朱子会议，我虽未去，先生为拙著《朱熹哲学研究》做一书评，屡加称许，使我感激不已。后来拙著《有无之境——王阳明哲学的精神》写成，蒙先生允许，得以敬献先生，略偿报答先生的心愿。然至 1992 年夏，忽忽久不得先生音讯，心中甚惑，秋中在台访问，因朱荣贵兄得知，先生以外出时跌倒致疾住院，对健康影响甚大。我闻此消息，忧心忡忡，而数次致书先生，皆未见回。无奈，惟有私祝其早日康复而已。

8 月 23 日杜维明教授来，告及陈老先生日前病故，闻之惊愕，唏嘘良久。8 月 26 日接狄培瑞教授信，正式通知先生于 8 月 12 日辞世。8 月 30 日又接朱荣贵兄函，且寄示中国时报唁闻。从先生临终的情况看，应当说是无疾而终，但每想到他这么快离去是因两年前的跌倒所引起，不免悲痛惋惜，以陈先生三年前的健康来看，

193

若不是那次跌倒，他的寿数超过百岁，是没有问题的。数日以来，每一思及，辄为之黯然，不能自已。

先生为人清严平正，对后学极尽奖掖之力，一生致力中国哲学思想的研究、介绍，治学十分严谨。所著《朱子门人》《朱学论集》《朱子新探索》，为 20 世纪朱子学研究的最重要的成果。在中国哲学思想研究领域中，先生是唯一在中文世界和英文世界并执牛耳的卓越学人。

先生静静地离开了我们，但他的学问、精神将不朽于世。

1994 年 9 月 2 日初稿 11 月 29 日改定

（原载《现代与传统》，1995 年第 2 期）

醉心北大精神的史家

—— 邓广铭先生纪念集读后

不知不觉之间，邓广铭先生已经仙逝三年了。纪念邓先生的这部《仰止集》，去年我在香港客居时曾从友人处借来读过，不久前承小南教授亲赠一册，颇觉亲切。再读之后，更添怀想，邓先生的音容，跃然眼前。其实，邓先生去世之后，我也曾接到纪念集的约稿信。当时穷忙和出国，未曾得闲动笔；又思邓先生门下，史学前辈如云，我的专业不算是史学，似无资格忝列其中，终于未敢应命。然而，事过之后总觉遗憾在心，这次得赠此集，不仅给了我一个重新学习邓先生为人为学的机会，也正好给了我一个弥补失约的良缘。

一

　　《仰止集》所载，都是邓先生友人、学生所写的纪念和回忆文章，十分生动有趣，细读之后，对邓先生一生学问和为人，有了更为"具体"的了解。而尤使我感兴趣的，是他早年问学过程中与当时的学问大家的交往因缘，以及其中留下的不少佳话。

　　在邓先生与之交往的这些大家当中，从时间上数，首须一提的是周作人。邓先生是山东人，乡音到老不改，故张中行称他为"山左史家"。他1931年从山东到北京，当年考北京大学而未取，遂考入辅仁大学英文系。次年再考，得所愿而入北大史学系。就在这一年的9月，周作人的《中国新文学的源流》出版，该书版权页写明：讲校者周作人，记录者邓恭三。恭三是邓先生的字，他在山东省立一师读书时，就以记忆力强、思维敏捷、反应快，见誉于同学，所以一师校内名人讲演，每多由他做记录。据周作人在此书的小引中说，1932年三四月间到辅仁大学去讲演，"所讲的题目从头就没有定好"，"既未编讲义，也没有写出纲领来，只信口开河地说下去就完了。到了讲完之后，邓恭三先生却拿了一本笔记的草稿来叫我校阅，这颇出于我的意料之外。再看所记录的不但绝少错误，而且反把我所乱说的话整理得略有次序，这尤其使我佩服"（《仰止集》，河北教育出版社，1949年，第9页。以下所引只标页码，恕不另注明）。以周作人的文名和地位，这一番话自然使年轻的邓广铭在青年学子中广为人知了，张中行、金克木都是因着此书而知道邓广铭其人的。更值得一提的是，这部书出版后，周作人将稿费送给了邓先生，初入北大史学系的邓先生便用这笔钱买了一部"二十四史"，他的史学生涯，从此开始。

在大学时代，邓先生又得到难得的机缘，此即受知于胡适和傅斯年。邓先生在大学时，胡适任北大文学院院长，他上过胡适的"传记专题实习"。他因读一名人的宋史著作，而写了一篇书评，并且以此作为胡适课的读书报告。胡适赏识此文，鼓励邓先生继续研究宋史，于是邓先生以《陈亮传》为题，在胡适的指导下写成他的毕业论文《陈龙川传》。胡适对此予以表扬，说"这是一本可读的新传记"。胡适还对邓先生说："辛稼轩是陈亮的好朋友，你这篇传记对他们的关系写得太少。"邓先生此后对辛稼轩的研究应是以此为契机的。当时胡适任北大文科所所长，邓先生毕业即被留在文科研究所，这一定也和胡适有关。战后胡适任北大校长，邓先生做校长办公室的兼任秘书；又因帮助胡适编辑《大公报·文史周刊》的需要，而在东厂胡同与胡适连院而居，此又可见邓先生与胡适的渊源实深。

邓先生在北大时，傅斯年任北大史学系主任，邓先生修过傅斯年的"史学方法导论"，邓先生毕业后作为助教，在北大文科研究所做研究。北大迁到昆明后，傅斯年任文科研究所所长，很注重对年轻学人的培养。邓先生在昆明时，《宋会要辑稿》给北大文研所的人七折优惠，但其价格相当于邓先生当时一个月的薪水，受家累之苦的邓先生本不想买，傅斯年硬是"逼"着他买了一套。后来傅斯年把"中研院"的史语所迁到南溪李庄，并指令属于北大文研所的邓先生也一同前往。正是在李庄的两年里，邓先生藉《宋会要辑稿》等书写成了《宋史职官志考正》和《宋史刑法志考正》。邓先生晚年不止一次地说过："傅孟真先生提携年轻人真是不遗余力！"后来，傅斯年又推荐邓先生到复旦大学教书。日本投降后，傅斯年约邓先生谈话，拉他回北大，说："北大决定请你回史学系教课。"返北平后，他又要邓先生帮助他处理校长室的一些事务，邓先生受知于傅氏非浅，亦于此可见。

陈寅恪对邓先生宋史研究的称道最为后人所称引。邓先生北大毕业后，欲向当时的中华文化教育基金申请研究经费，于是去见胡适，说明意向。胡适称好，说："三十以前做学问要鼓励，三十以后是本分。"胡适了解到邓先生要以"辛弃疾"为研究题目，便说，这是梁任公研究的题目，你也要研究，先须写一篇东西。邓先生于是埋头写了一篇《〈辛稼轩年谱〉及〈稼轩词疏证〉总辨证》，1937 年在《国闻周报》刊出，其结论是认为梁启超兄弟的辛氏年谱和辛词疏证都有许多严重错误，需要重新编写。陈寅恪先生看后很为赞赏，于是主动为之推荐，研究经费因此得以批准。邓先生后来说，"就这一篇文章，影响了我一生，是我一生的转折"，这个转折是就治宋史而言，"从此我就不回头了"（第 145 页）。当时邓先生三十岁。邓先生在北大文科研究所时，陈寅恪为专任导师，在 1939 年至 1940 年间，邓先生日夕亲陈寅恪的謦欬，实际上等于作陈寅恪的助教，曾常常聆听陈寅恪的谈论，受益不少。邓先生后来忆及于此，说"收获之大确实是胜读十年书的"（第518 页）。以后邓先生《宋史职官志考正》一文发表，陈寅恪更为之序，云："宋史一书，于诸正史中，卷帙最为繁多，数百年来，真能熟读之者，实无几人，更何论探索其根据，比较其异同，藉为改创之资乎？邓恭三先生广铭，夙治宋史，欲著宋史校正一书，先以《宋史职官志考正》一篇，刊布于世，其用力之勤，持论之慎，并世治宋史者，未能或之先也。寅恪前居旧京时，或读先生考辩辛稼轩事迹之文，深服其精博，愿得一见为幸。及南来后，同寓昆明青园学舍。而寅恪病榻呻吟，救死不暇，固难与之论学论史，但当时亦见先生甚为尘俗琐杂所困，疑其必鲜余力可以从事著述；殊不意其拨冗偷闲，竟成此篇。是其神思之缜密，志愿之果毅，愈越等伦。他日新宋学之建立，先生当为最有功之一人，可以无疑也。"邓先生的《宋史职官志考正》是划时代的，陈序也是经典之作，但如果邓先生没有与陈寅恪交游的机缘，要得到陈寅恪的此篇佳序那就很难了。

还有一位是词坛泰斗夏承焘。邓先生说："夏先生有大恩于我，抗日初期我从北平经河内去昆明找西南联大，特意到杭州去拜见他。那时夏先生早已是全国有名的大牌教授，研究稼轩词多年。我带着自己在北大搞的辛稼轩年谱和稼轩词编年笺注的材料，到杭州大学向他请教。我是小字辈的后学，刚刚开始两年，谁知他看了我的材料，不仅称赞有加，而且竟将他自己搞了多年的研

　　年轻的邓广铭和夫人窦珍茹，摄于 1930 年。邓可蕴供图（选自《老照片》第 150 辑）

究稼轩词的材料悉数交给了我。还说，有了你邓广铭研究稼轩词，我就可以不往下作了。"（第536页）《稼轩词编年笺注》是邓先生的名作，作于1937年至1939年，是他在北平图书馆埋头两年的成果，20世纪40年代初商务印书馆排版付型，前有夏承焘1939年12月的序，中云："予友邓君恭三治文史，了然于迁嬗之故，出其绪余，为稼轩年谱，并笺其词，曩予获见一二，惊为罕觏。顷恭三自北平游滇，道出上海，乃得读其全稿。钩稽之广，用思之密，洪兴祖、顾嗣立之于昌黎，殆无以过。"他在结尾处还说："得恭三兹编以鼓舞之，蔚为风会，国族精魂将怙以振涤，岂第稼轩功臣、与洪顾比肩而已哉！"邓先生完成此书时，才三十二岁。夏先生甘愿向后学转赠资料的这段佳话，后来邓先生在"文革"前的教学中还常向学生提起，并不顾及当时"鼓吹成名成家""贩卖资产阶级学术观点"这些大批判的压力，这既可见邓先生对于学生的一种治学精神的教育，也可见邓先生对前辈的提携之恩的恒久感念。

邓先生的学问和研究，得益于这些大师不少。而其所以能得到上述学问大家的赏识和奖掖，当然是邓先生自己的出众才学、过人努力和卓绝的成绩使然，而这些大师级的人对他的提携、帮助、指导乃至表扬，又是邓先生得以成为史学大家的重要条件。邓先生临终前，曾回顾说，这几十年来，他在学术上没有停顿，其中原因之一就是因为有大师指导。（第543页）大师在学术发展和人才养成上的关键作用，确乎重要，邓先生自己就是一个显例。

邓广铭先生的全家福，当时邓小南刚刚七岁半，摄于 1958 年元月。邓可蕴供图（选自《老照片》第 125 辑）

二

　　虽然《稼轩词编年笺注》和《宋史职官志考正》为邓先生带来了甚高学术荣誉，但邓先生晚年说过，他给后人留下的主要是四部宋人的传，即《王安石传》《岳飞传》《辛弃疾传》《陈亮传》。他说："成也是这四部书，败也是这四部书。"（第459页）这说明，一方面，青年时受《贝多芬传》的影响，他在性情上始终钟情于爱国志士与英雄豪杰式的人物研究，以致主导了他毕生的学术志趣；另一方面，这种兴趣又显然与20世纪中国饱受外人侵略所给予他的刺激有关。他曾说："1935到1937年间，我正在攻治两宋和辽金历史上的一些问题，特别是有关宋辽和金宋之间的和战问题，南宋的几个比较突出的富有爱国思想的学士大夫和社会活动家，例如大倡功利主义的陈龙川陈亮，以爱国诗人著称于世的陆放翁陆游，和具有多方面才智的英雄豪杰人物辛稼轩等人，便特别吸引了我的注意，使我发生了很大的兴趣。"即使是他的《稼轩词编年笺注》，其用意也绝不止于文学辞章，而是要以英雄人物鼓舞中华民族的救亡与振兴，连夏承焘《稼轩词编年笺注序》也注意揭示其鼓舞爱国精神的意义："国族精魂将怗以振涤，岂第稼轩功臣、与洪顾比肩而已哉！"邓先生无疑是一位出色的爱国史家，他曾说："1945年8月15日日寇宣布无条件投降之日，却又正是《岳飞传》一书宣布印成发行之时，这两件事情的巧合，使我永远难忘。"正是这种爱国的情怀，支配着他考察历史的原则，也是他史学研究的根本动力。

照说邓先生研究的人物都是爱国志士和改革者，而且不属于"评法批儒"中被批的儒家，他的研究在改革开放以前应当受影响较小。不过事实却不如此。举例来说，在他的这四部书中，"四写"《王安石传》的过程最有戏剧性。

1972 年田中角荣访华，据说，毛主席会见田中时，用他习惯而且擅长的方式对田中说，你这次来，很像王安石的"三不足"，即天变不足畏，祖宗不足法，人言不足恤。科技发展到今天，天变不足畏大概不成问题，没有人再把科技和政事联系到一起；但历任日本首相都反华，你来访华，想使两国关系正常化，这是祖宗不足法；你这次来，估计美帝苏修都是反对的，而你不管这些，这就是人言不足恤。（第 298 页、523 页）

毛主席的谈话传出来后，人民出版社马上派人找邓先生组稿，要求邓先生把他在新中国成立初写的《王安石传》扩大，要特别发挥三不足精神，希望三个月写好。邓先生 1973 年交稿，稿子打印后拿到北大、师大的历史系和学部的历史所讨论，讨论提出的共同意见是没有反映儒法斗争。邓先生后来说："我说王安石法家思想是占了相当一部分，但他是以儒家面貌出现的，无论如何，不能说他是反儒，这个道理讲不通。我只认为王安石是援法入儒，不认为他是反儒的法家。但是当时的大气候，要讲王安石反对司马光是代表了法家反对儒家，就照讨论收集到的意见写了。"（第 524 页）

改写之后，适逢"批林批孔"，出版社又提出要反映"批林批孔"，"我说王安石怎么和林彪联系得上，他是尊孔，不反孔。他们给了我《文汇报》的一篇社论，说就照这个意思改，无奈，我就照那样子加写了结尾部分"。1975年出版，"后来毛主席看到了，对封面题签感兴趣，认为字写得好，其实这是集王羲之的字"（第298页）。邓先生坦然说明："我回忆这件事，就是因为在当时的气氛下，大家都像喝了迷魂汤。""我是为了要免得被划入黑作家之列，就顺从大气候写了这部《王安石传》，但书内有些材料还值得用……但是还有许多'文革'儒法斗争的习惯用语保留着。"（第524页）这也是邓先生坚执在其晚年重写《王安石传》的原因。政治干扰学术的不良结果，于此可见。

　　对于"文革"时期人们的思想状况，邓先生与那些标榜自外于"文革"影响的议论者根本不同，他坦承自己与大家一样，说"在当时的气氛下，大家都像喝了迷魂汤"跟着当时的风气走了。这不仅真实、形象地反映了当时"从旧社会过来的知识分子"的思想状态，也的确反映了当时高校大多数知识分子的思想状态。

　　在北大历史系1997年春节团拜会上，邓先生说了这么一段话："老实说，我在'文革'中没有吃过太大的苦头，我的原则是好汉不吃眼前亏。"（第510页）其实，邓先生在1966年就被划入"牛鬼蛇神"的队伍，以"反动权威"的罪名成为革命的对象，接受各种批斗和劳改。而他的倔强依然不改，"那时每逢批斗，按例必先由红卫兵向群众介绍被斗人的罪状。那时每逢斗到邓先生时，红卫兵必宣布其罪状曰：'他新中国成立前是胡适的秘书！'而每说到此，不论任何场合，邓先生必立即打断他的话，用那斩钉截铁、铿锵有力的浓厚山东口音反驳说：'我不是胡适的秘书，我是北大校长室的秘书！'针锋相对，绝不含糊"（第150页）。我读到这里，不觉地会心而笑，既佩服他的坚执，这也和我所了解的邓先生完全相合。"文革"中他也被下放到鲤鱼洲，"那时邓师已年过花甲，头戴草帽，脚穿胶鞋，挽着裤腿，手拿一根细长的竹竿，在暑气蒸人的田野上放鸭子，条件极其艰苦"。想象着邓先生的这般身影，对这种"革命"对史家学术生命的摧残，人们又怎么能不发出那"唉——"的沉重感叹呢。

不无幸运的是，作过胡适秘书的这件事，似乎在新中国成立后的一段时间对邓先生的影响不大，反右也没沾边，出版了几种著作。不过运动终不饶人，反右以后，1958年的"拔白旗"，邓先生终于被"拔"到了。邓先生在新中国成立后的教学中曾经提出，研究中国史，必须掌握四把钥匙，即年代学、历史地理学、职官制度和目录学。这讲历史研究法的"四把钥匙"在那个时代被找出来作批判的靶子，是一点也不奇怪的。邓先生被批判的最大理由，那就是"忘了马列主义这把金钥匙""单单丢掉了最根本的一把钥匙——马列主义"。很明显，这并不是邓先生的本意。结局是可以想得到的，那就是邓先生不再被允许上课，直到1963年才恢复了为学生讲课的资格，这和摘帽右派的待遇也就相差不远了。

三

邓先生为人耿介，他最反对的，就是"奄然媚世为乡愿"。为此，他有时甚至不免执拗，他的此种性格和为人在学界是广为人知的。而《仰止集》又向我们显示了他的其他侧面，这就是：他以大师的地位，而勇于承认学术上的偶尔失误，并且褒奖后学的成绩不遗余力。

他收到徐规关于《涑水记闻》点校的意见，立即覆书说："待再版时，一一遵命加以改正。"他的学生梁太济指出其某文对一句史料的解释不确，他表示："所论极是，我当据以改正。"他的学生王曾瑜《王安石变法新论》发表，与乃师观点有所不同，他说："我算是一家之言吧。"

他对后学的表扬，正如陈寅恪等大师之于他自己一样，极尽奖掖之能事。如龚延明的《宋史职官志补正》完成，他为之写鉴定，中云"半个世纪以前，我曾撰写《宋史职官志考正》一文……然而写作时限短促，思考多有不周，故在刊出之后，自行检校，亦惊诧于其中颇多不应有之疏失"，表扬龚著"说理都极精当，证据都极确凿，所以也都有极强的说服力"，"真正做到了去粗取精、去伪存真、由此及彼、由表及里的境地"。他在收到《袁枚续诗品详注》后，回复著者刘永翔说"高见卓识益我神智，实亦当今著述中之所罕睹"，"今特寄奉前年印行的稼轩词笺及小女谈宋代官制小册各一，均所以表示虔诚求教之意也"。其提携后学、虚怀若谷的大家风范，在这里体现得淋漓尽致。

在受邓先生的提携方面，我自己也是一个例子。历史系的老先生中，我和邓先生比较相熟一点。三十多年前，我在内蒙古劳动之余，曾细读过《稼轩词编年笺注》，故对邓先生早已高山仰止。又因为我曾多年研究朱熹和宋代理学，也算是和宋史研究有一点关联，且又在北大学习工作，故而在对宋史研究的权威邓先生十分敬仰的同时，也就有意识地寻找一些机缘向他请益。

1978年我到北大读研究生，论文专攻朱熹，我的路子是从考证文献的年代入手，所以先作《朱子书信年考》，盖由朱子论学书信特多，不理清其历史脉络则无由研究。大概在1980年夏秋间，我因考证朱子与程迥书遇到困难，便想去求教邓先生。我就请张岱年先生为我写一封介绍信。记得张先生的介绍信第一行是"邓广铭教授"，第二行作"邓广铭兄"，第三行以下是介绍我前去请教。我拿了信，到邓先生家，讲明来意，说想找一些程迥的传记材料，邓先生说"程迥程可久"，见邓先生连程迥的字也都能随口说出，心中很为佩服。然后邓先生从书柜中寻出《宋人传记资料索引》给我看。（这次看《仰止集》，才知道此书是陈学霖教授在1980年初由美来访时赠给邓先生的，后来我在北大文科教员阅览室也看到了这套书，大概都是那时美国学者所赠。）我又说起如何了解朱子晚年思想的环境，这当然涉及庆元党禁，邓先生说要看看《道命录》《四朝闻见录》。谈了大约半个小时，即告辞。

据杜维明教授说，1979 年他拜见邓先生时，曾问邓先生，您研究了王安石、陈亮、辛弃疾，下面该研究朱熹了吧？邓先生回答，朱熹的学问大，研究不了。我猜想，熟悉辛弃疾对朱熹的高度评价的邓先生，大约不至于看不起朱熹，只是，我觉得邓先生比较喜欢和比我注重研究的是有"英雄"气的爱国志士，如岳飞、陈亮、辛弃疾。这种偏好当然与抗日战争的家国经验有关，但一贯欣赏、推崇陈同甫"推倒一世之智勇，开拓万古之心胸"的邓先生，对我所研究的主张"涵养须用敬，进学在致知"的哲学家朱熹，恐怕是多少有点敬而远之的。因此之故，我就不敢经常去打扰他了。

1986 年，我因《朱子书信编年考证》定稿的过程中，对宋代致仕制度有所不明，曾问过邓小南，那时她在俄文楼参加英语班，随后我即赴美。次年秋天，我到纽约开的中国留美历史学会讲演，遇到在马里兰访问的小南。1988 年春天，我和内人与杜维明教授一家在安那巴巴拉杜先生岳母家玩，回波士顿时，杜先生送我们到火车站，在车站又遇到小南。这两次遇到小南，提醒我把在美国找到的一些材料送给邓先生看。盖因先前我在哥伦比亚大学图书馆，见有台北故宫博物院影印的《晦庵集》，从未见过。此集刻于朱熹生前，印本后附昌彼得跋，言此集中有许多佚文。我翻阅之下，即发现昌氏所说佚文，其实在《朱子文集》中皆已有之，只是题名有异。但此书亦有价值，即其中所录与人书信，完整保存了书信前后礼节用语及时日，这对考证行年的人很有意义。1980 年春，我去拜访邓先生，将其中与陈亮有关的部分复印件，连同我写的一篇介绍文章，送给邓先生。当时邓先生送了我《陈亮集》的增订本。

1990年，我去找邓先生帮忙。起因是，在1989年评职称的时候，开始有任副教授不满五年可破格升等正教授的规定。我当时已任副教授四年，但并没有意愿申请，系领导朱德生先生要我申报，于是就报了。我报的新著是《朱子书信编年考证》，结果未成，这我倒不在意。但我所在意的是未成的理由，据朱先生告诉我，哲学系的学术委员会有同志认为此书只是我做朱熹哲学研究的副产品，而不予赞成。这等于否认了《朱子书信编年考证》一书的独立的学术价值，这是我完全不能接受的。到了1990年再评职称时，我虽然又增加了《有无之境——王阳明哲学的精神》等（那时已印有校样），但朱书一事，仍未能去怀。既然系里和教研室不能为我说话，于是我就想起找邓先生评断。邓先生做过稼轩词的编年，又是宋史研究的泰斗，他是评断此书价值的最高权威。邓先生见我如故人，听我说完情况，立即应允为我写评语。几天后去拿，见邓先生不顾手的颤抖，竟为我写了整整一页，我觉得有点惊讶。小南说："你的面子这么大，还能不给你写？"其实在邓先生面前，我这后学之士哪里有什么面子可言，这完全体现了邓先生对后学的大力提携。

邓先生的评语题为"我对《朱子书信编年考证》的评价"，针对哲学系有些同志的错误认知，邓先生写道：

陈来同志所撰《朱子书信编年考证》一书，是继他的《朱子哲学研究》一书而出版的另一新著。……它实际上是可以与《朱子哲学研究》并行的一种独立的著作。在南宋中叶，朱熹在学术界思想界享有极其崇高的地位，当时的学士大夫与他具有学术、思想上的联系的，实繁有徒，因此，朱子书信的涉及面便极为广泛。唯有像陈来同志之具有深厚的功力，才能进行博洽的稽考，才能由表及里、由此及彼地对这大批书信的作年及其受者作出精审确凿的考证，从而不仅使朱子思想见解的先后发展变化的脉络有线索可以寻溯，而凡其时与朱子有学术关联的广大学者的思想言论，依此书所系年次而加以追寻，也大都可以藉窥其端倪。故作者若以此书为基础，再扩而充之，则更将成为南宋中期的一部《学案》，或者成为该时期的一部《百家争鸣实录》，对于南宋期内学术史、思想史的资料的钩勒和实况的探索，是全都有所贡献的。总之，这本《朱子书信编年考证》，是一本极见功力的著述，也是一本具有广泛作用的著述。

有了邓先生的支持，我的升等顺利通过。后来的事实也证明，此书的价值正如邓先生所说，得到国内外学者的积极赞许。邓先生对我的这段恩情，外人甚少知道。我把邓先生的这篇文字拿出来，就是想为大师奖掖后学的风范，多添一个事例。

1994 年秋天，一日忽想起青年时记忆的稼轩词《江神子》，

北京大学
PEKING UNIVERSITY

我对《朱子书信编年考证》的评价

邵庆铭

陈来同志所撰《朱子书信编年考证》一书，是继他的《朱子哲学研究》一书而出版的另一部著。这本新著，乍看似乎只是他撰写《朱子哲学研究》的一种副产品，然而，它并不附庸于游衍大国一样，它实际上是可以与《朱子哲学研究》并行的一种独立的著作。在南宋中叶，朱熹在学术界思想界享有极其崇高的地位，当时的学士大夫与他具有学术思想上的联系的，实繁而伙。因此，朱子书信的涉及面极其广泛。唯有像陈来同志之具有深厚的功力，才能进行博洽的稽考，才能的表及里由此及彼地对这大批书信都作逐年及其受著作出精审而确凿的考证，从而不仅使朱子思想见解的先后发展变化的脉络有线索可寻可溯，而只见的与朱子有学术关联的广大学者的思德言论，依此书所系年次而加以追寻，也大都可以蕲窥其端倪。故作此若以此书为基础再扩而充之，则定将成为南宋中叶的一部《学案》，或许成为读时媲的一部《百家争鸣实录》，对于南宋期间学术史、思想史的资料的钩勒和实况的探索，是全都有所贡献的。总之，这本《朱子书信编年考证》是一本极见功力的著述，也是一本具有广远作用的著述。

邓广铭先生对《朱子书信编年考证》的评价原文

可是最后两句怎么也记不起来，即随手给邓小南打电话。她查后告诉我，并说《稼轩词编年笺注》新印了，邓先生说送我一本。我大喜之下，即骑车往朗润园，邓先生与我亲切相谈颇久，中间特别提到《四库存目丛书》等。

我在 80 年代后期以后与邓先生的几次谈话中，颇感受到他身上所浸染的北大新文化运动的影响之深，此即科学与民主精神的影响。后来看到他的自传，对此认识更深了。

邓先生民国元年入村塾，当时新编小学国文教科书已传到乡间，但正规读物仍是《三字经》、"四书五经"，邓先生当时即以为这"实在未免既低且俗且陋，怎么也不配称之为启蒙教育"，可见他对旧学已相当厌恶。进县城的高等小学后，他从一位教员处借得《胡适文存》，对新文化运动有了初步印象。他到山东省立第一师范后，校长热心于新文化运动，倡导学生多读京沪两地的报刊，延请北大教授短期讲学。受此影响，邓先生积极参加文化社团活动，博读新书。他后来回忆说，当时崔东壁的几种考信录和罗曼·罗兰的《贝多芬传》给他的影响最深。由此可见，他的心灵完全是"求新"的，没有丝毫的守旧。

北洋军阀时期，山东省立第一师范采用复古教育，受新学影响的邓先生自然"深感腐臭之气不可耐"，故与同学举行全校罢课，要求驱逐校长和某些教员。其结果，是在开除学籍的布告上，邓先生成了名列榜首的人。"在山东省立第一师范读书四年半，这时期我竟成了一个醉心于北京大学的人"，很明显，邓先生之

"醉心"北大，不仅是学业的，更是思想的。他后来在北大与胡适、傅斯年往来甚密，受知于二人，也显然不仅出于学术的理由，更是因为他仰慕胡适、傅斯年的新文化主张，受到他们所主张的新文化运动启蒙精神的重大影响。直到他晚年对《四库全书存目丛书》的批评中，也未尝不可以看到此种精神的表现。90年代初，他对北大学生军训的批评，更是这种精神的直接表达。我觉得，他自己的内心始终充满着"启蒙与救亡"的双重追求和渴望。这是我们了解这位史家绝不能忽视的地方。

虽然内心盛着启蒙与救亡的关怀和渴望，但学术的建树更是一个史学家个人的终极关怀。朱熹死后，辛弃疾有祭奠朱熹的文字，称"所不朽者，垂万世名；孰谓公死，凛凛犹生"。梁启超暮年著《辛稼轩年谱》，写至此四句而驻笔。邓先生曾说："这几句竟成了梁任公的绝笔，实际上也就等于任公自己写就了挽辞。"邓先生自己在生命的最后时日，几次吟及这四句，这既可见中国古人以立言而垂名"不朽"的观念对他影响之深，用保罗·蒂立希（Paul Tillich）的话，也可以说这四句话构成了邓先生晚年个人的"终极关怀"。他八十五岁接受访问时说："已经面临'蹈火'之年，头脑和手眼都已不好使唤，因此终日焦躁不安，只想能把全副身心扑在这些工作上。"他晚年所以坚执重写《王安石传》及修改其他著作，为不能全身心从事于此而终日焦躁，都是为其学术名誉的传世久远负责。这种对著述的"高标准、严要求"，对于他而言，并非单纯的学术"精益求精"，而是以中国文化中此种源远流长的"不朽"的终极关怀为基础的。这大概在许多老先生都是如此。

的确，他在宋史研究方面的贡献无疑是不朽的。事实上，他在宋史学界的地位早在40年代陈寅恪为《宋史职官志考正》的序中已经确立，"先生始终殚精竭智，以建立新宋学为务，不屑于假手功名之士，而能自致于不朽之域"，且已点出"不朽"二字。顾颉刚当时总结三四十年代宋史研究时，也对邓先生的工作给予了高度评价："《宋史》成于元末，最为芜杂，明清两代欲为之改作者极多，或其书未成，或已成而不餍人望。邓广铭先生年来取两宋各家类书、史乘、文集、笔记等，将《宋史》各志详校一遍，所费的力量不小，所成就亦极大。"（《当代中国史学》）在此之后，邓先生便成为公认的我国"宋史研究开山者和奠基者"（黄宽重语），宋史学界皆尊之为"空前的权威，当代的泰斗"（徐规语），能得到前辈史学大师和在世同行的如此赞许和推崇，足以昭示出，"自致于不朽之域"这句话对于邓先生，是众所公推而当之无愧的。

2001年6月14日于蓝旗营新居

（原载《读书》2001年第9期）

史家本色是书生

—— 周一良先生《毕竟是书生》读后

周一良先生是我素来敬仰的前辈。70 年代前期，还在大学念理工科的时候，已经读了他和吴于廑先生主编的《世界通史》。1980 年，京都大学的岛田虔次先生在北京讲演，我往趋听讲，当时周先生在主席台上陪坐，间或指出翻译的差错，使在座者莫不羡服。后来我在哈佛，杨联陞先生又跟我说起过他与周先生 40 年代在哈佛读书、教书的一些趣事，故尔后对于周先生，更是怀了一种亲切的敬意。只是我的专业不是史学，也就没有什么机会向周先生请益；有时想去拜望他，连带着索书什么的，却因他年高有病，终难下决心去打扰他。

就是因为难下决心去打扰他，所以当友人送给我这本心求多日的《毕竟是书生》时，心情的快慰，可想而知。这一本《毕竟是书生》集周先生文章共九篇，其中有几篇我曾读过，特别是《纪念杨联陞教授》一文，其中有一段说，某年周先生与杨先生分别二十多年后在北京饭店晤面，在饭店门口告别时，杨先生突然说："咱们行个洋礼儿！"两人紧紧拥抱。多年前我读到此处时，便产生了一种莫名的激动，而且常常回想不已。这是他们深厚的友谊、淳厚的人格使我产生的感动。

这本《毕竟是书生》的九篇文章中，不论从篇幅上还是内容上，以首篇自传《毕竟是书生》为最重要，所以仅就这一点来说，以这一篇的篇名作为书名，也是很自然的。然而，"毕竟是书生"不仅是自传的篇名，也是另外几篇回忆文章的主题，而这五个字之用，在周先生来说，绝非泛泛文学之词。他曾以这五个字刻了一方图章，并说"'毕竟是书生'五个字深深触动了我"，"实际上也可用以概括我的一生"。明乎此，才能理解这五个字的意义对于周先生确非寻常。

一

我细细读完这本周先生的自传，慨然良久。周先生的文笔，"端雅整饬，收放有致"，令人佩服是不用说的了。他戏称此大半生为"这一趟"尚未到达终点的车。我合卷以思，观想其旅程之曲折变化，不由得生出许多感叹。周先生的家世是世家大族，而尤有意味的是，其曾祖以下，至其尊人，乃呈现出晚清封建大吏旧家到近代民族资产阶级家族的演变，而他自己，又是 20 世纪中期以来中国文化

217

教育界波澜起伏的一个见证，这周家本身便是研究 20 世纪中国历史的一个个案。

首先使我吃惊的是，周先生生于民国之初，可是居然未曾进过小学、中学。他在"五四"以后入家塾开蒙，从塾师读书十年，然后径考入燕京大学国文专修科。这在前辈国学大师中当属"异数"。如钱穆、顾颉刚等，都曾由私塾而入新式小学、中学，梁漱溟更是一开始就受新式教育。周先生比这些大师还晚一辈，却有此种经历，令人称奇。虽然说即使在新中国成立后的上海也还有这样的个别情形，但对大家熟知的、以"学贯东西"闻名的周先生而言，这一点还是令人印象深刻的。

周先生入塾读书，不读《三字经》，而从《孝经》开始（这还是汉代旧制呢），继以《论语》《孟子》《诗经》，而后读《礼记》《左传》《仪礼》《尚书》《周易》，又读《史记》《韩非子》《古文词类纂》，习作桐城古文。这些安排，出于周先生的父亲，由此可见周先生父亲当时思想的保守，但也确实为周先生打下了坚固的古典文献的基础，特别是家馆中还请了像唐兰先生这样的一流人物讲《说文解字》，周家子弟小学方面的基础，也自不待言了。及周先生稍长，家塾中又请了日本人和英国人教日文与英文，读日、英中学课本，周先生的外文基础，真的又不是常人所能相比的了。

最重要的是，在此种家庭和此种教育下的培养与熏陶，造就了周先生的基本人格与道德，史家知人论世，必始乎此。

　　1935年，周氏兄弟各执毕业证书的合影。左起依次为周治良、周艮良、周一良、周珏良、周以良。其中周一良曾执教于清华历史系，周珏良曾执教于清华外文系。这张照片被戏称为"五子登科"。周启朋供图（选自《老照片》第78辑）

二

　　周先生从燕大国文专修科转到辅仁历史系，寻转到燕大历史系，受学于邓之诚、洪业诸先生，治史的方法与训练，主要来自洪业，毕业论文也是由洪业指导的。1935年燕京毕业后，继续在历史系读研究生，同年开始到清华旁听陈寅恪的魏晋南北朝史课，"倾服得五体投地"，搜读陈寅恪论文，崇敬之心更增。次年，俞大刚向陈寅恪推荐周先生到史语所工作，竟获通过。周先生在书中虽然没有说其中的缘故，但也可见周先生的才学已得陈寅恪的欣赏，当然，周先生的出身也必令陈寅恪满意。

　　周先生在史语所历史组，即专研魏晋南北朝史，与陈寅恪常常有书信往来，讨论疑难。"后来陈先生（寅恪）在'论司马睿传'一文中，曾深情地忆及这时情形，奖励有加"。这指的是1941年陈寅恪在香港时写《论〈魏书·司马睿传〉》一文的前言，其中说："噫！当与周君往复商讨之时，犹能从容闲暇，析疑论学，此日回思，可谓太平盛世。今则巨浸稽天，莫知所届。周君又远适北美，书邮阻隔，商榷无从。握管和墨，不禁涕泗之泫然也。"周先生这一时期所写的论文与燕京的路子已有不同，大受陈寅恪的影响，取得了令人瞩目的成绩。陈寅恪此时对周先生甚为赏识，除了周先生已显露的史学才力外，周先生在日本文史方面的造诣，也很得陈寅恪的表扬，以至于1939年周先生向陈寅恪报告将赴哈佛修比较文学时，陈回信说："彼处俄人当从公问日本文史之学也。"

周先生到哈佛，是洪业为燕京大学的长远打算而安排的，欲使周先生修比较文学，回国后安排到燕大国文系，也达到把周先生从史语所拉回燕京的目的。周先生赴美则有自己的想法。早在清华听课时，周先生就"心里有种感觉：别位先生的学问，如果我努力以赴，似乎还不是达不到；而陈先生（寅恪）见解之敏锐、功力之深厚、知识之广博、通晓语言之众多，我是无法企及的"。及燕京安排给周先生哈佛燕京奖学金赴美留学，是作比较文学，而周先生的私计则在魏晋南北朝史和追步陈寅恪的学问境界："私心认为赴美也有利于我魏晋南北朝史的研究。当时崇拜陈寅恪先生的学问，以为他的脑筋以及深厚的文史修养虽非努力所能办到，但学习梵文等文字，肯定有助于走他的道路，而去哈佛可能多少达到此一目的。"所以到哈佛后，经与导师相商，其专业由比较文学改为日本语言文学及梵文，"来美以前的盘算得以实现"。"在哈佛的五年学习，便以日文为主，以梵文为辅"，不过由于他日文根柢较好，在时间上反而学习梵文的使用更多。

周先生1944年在哈佛以《中国的密教》博士论文取得学位，而后在哈佛受聘讲授日文两年，总共在哈佛七年。在此七年间，周先生不仅日、英文已达精熟，梵文阅读也达到"享受从容研讨的乐趣"，通过了法语、德语的考试，选修了拉丁文和希腊文，七年中共学了七门语言。正如普林斯顿大学的余英时教授所说，

1935 年、1936 年，周一良与夫人邓懿先后从燕京大学毕业。周一良
先生供图（选自《老照片》第 80 辑）

"周先生当年是大家公认的传陈寅恪先生之学的后起健者"，以周先生的国学根柢、魏晋南北朝史研究的成绩、他所受的史学训练和他在哈佛所学的多种语言，在抗战后的当时，恐怕也只有周先生才当得起"公认可以传陈寅恪之学"的学人。周先生从1936年到1946年的努力，也是以此为目标而求其实现的。所以1946年，当他怀着"漫卷诗书喜欲狂"的心情，偕妻挈子刚刚返国，傅斯年就约周先生到史语所任历史组组长，并写信给胡适，说"周一良恐怕要给他教授，给教授也值得"。不过，为了追随陈寅恪，周先生还是应聘任了清华大学的教授。在清华所作的研究，主要仍是写了关于魏晋南北朝和翻译佛典方面的论文。由此来看周先生的发展方向，毫无疑问，如果没有环境的大变化，相比于已经失明的陈寅恪来说，这位"公认可传陈寅恪之学"的书生史家，其大展宏图的发展前景，已经是指日可待的了。

三

然而，应了那句老话："形势比人强。"虽然以周先生的心志才力、史学训练、语言能力和已有成绩，步陈寅恪的后尘，甚至做出超迈陈寅恪的研究成绩，是可以期望的。可谁又料得到后来三十年中的大变化给这位本来学术前景无限光明的学者带来的影响！遭受那"许多污辱与坎坷"且不说，只"浪费那么多有用的光阴"这一条，留给我们作旁观者的，又岂止是感叹！

20世纪40年代，周一良夫妇在美国。周一良先生供图（选自《老照片》第80辑）

照搬苏联教育体制的第一重大结果，是 1952 年院系调整，周先生由清华历史系主任转到北大任中国古代史教研室主任。1954年，按照苏联教学计划，历史系高年级应开设亚洲史，于是北大历史系动员周先生改行，建设亚洲史课并主持这个教研室。"我本着服从需要的信念，决心放弃多年积累，同意从头做起，去建立亚洲史教研室及课程。"直到 70 年代中后期，他才回到魏晋南北朝史的研究。想当时，以周先生的性格，自然是服从需要，"党让干啥就干啥"，不过，就算周先生不想服从，恐亦不可得。可是这"放弃多年积累"，对一个史学家来说谈何容易；而"放弃了中国古代史"，不也就意味着根本上离开了周先生多年追求的传承陈寅恪史学的目标吗？

倘在安宁宽松的学术环境下，就算改行，以周先生过人的才学，在这些领域的发展与造诣亦不可限量。君不见，"从头做起"的周先生，在十年多的运动间歇中，就已在日本史、亚洲史、敦煌学等领域多所建树。然而，运动不饶人，肃反、"反右"总算没有沾边，"1958 年以后的'大跃进'、人民公社、'拔白旗'、师生合作编教材、诗画满墙等等活动，我都跟着滚过来。"

周先生在"文化大革命"中被扣以"反动学术权威""走资派""反共老手""美国特务"等帽子，经历了数不清的大小批斗会，"受够了人身侮辱"。其实，"侮辱"二字还是轻了。牛棚内外的"劳改"更是家常便饭。北大老教授在"文化大革命"中所遭受的非人折磨，季羡林先生在他的《牛棚杂忆》中有全面的描写和精到的分析，周先生的经历，为之增加了一个实例。

就全国或北大的那场"浩劫"而言，增加周先生一个例子不为多，减去周先生一个例子不为少。可是看到周先生的亲笔记述，遥想当年在哈佛园内游刃有余、风华正茂，中国史学界一致看好的周一良先生，再想想什么是"污辱"，什么是"浪费"，又岂能不令人叹惜再三呢！

四

现在来看周先生的思想。他的前期经历很简单，世家子弟，家庭规矩甚严，接受过极好的传统教育，燕京大学毕业、"中央研究院"助理研究员、哈佛大学博士、清华大学教授。这样的家庭，这样的教育，这样的长期海外求学的经历，其"产品"当然就是一介思想单纯、不懂政治、一心于史学的"书生"。新中国成立时的周先生，就是如此而已。

1949 年 10 月 1 日，周先生"在天安门广场听毛主席宣布'中华人民共和国中央人民政府今天成立了'，感到万分激动"，这也是那一代忧患于中华民族的积贫积弱、对国民党彻底失望的老中青书生的共同心情。随着新中国成立、土地改革、抗美援朝、知识分子思想改造，短短两年时间，知识分子的思想发生了根本的变化。新中国成立之初，周先生曾先后在北京、西南参加土改，"对贫下中农的贫苦生活有所体会"。回到北京听周恩来总理关于知识分子思想改造的报告，周先生感到"对我很有启发"。这也是当时许多知识分子的共同经验。以周先生这样一个思想单纯的书生，面对新中国的巨大变化，处在欣欣向荣、万象更新的50年代前期，又经历了思想改造的运动，他的思想必然和同时代大多数人一样，转变到积极支持共产党的理想和社会主义建设上来。1956年有许多知识分子入党，标志着这一思想过程的完成，周先生也是其中之一。

政治态度只是基本政治立场，并不代表一个人的人品道德、处世态度、工作作风。多年以来，有两种认识的误区：一是有些共产党的组织工作者常常倾向于认为一个人拥护共产党和社会主义就足以表示其道德、生活的态度完美；一是西方学者往往认为一个人信仰共产主义则个人道德生活便不足取。这两种错误的看法都是把政治主张与个人道德混为一谈。事实上，人的道德、作风受早年的家庭与教育经历的影响甚大。

我与周先生并不相熟，但我读此书后，深感其家庭文化影响其性格非浅。周先生生长于传统文化氛围甚浓的旧家，自幼接受儒家文化教育，他的人格有着儒家伦理道德的深刻影响。同时，他的父亲两度续娶，子女众多，此种环境对他的品行的养成也有重要的影响："我是十个兄弟姊妹中的大哥，这个表率地位与我以后'一生唯谨慎'和循规蹈矩的作风不无关系。"此外，周先生在为人处世、出处大节上，也很受他那著名实业家、藏书家的父亲的影响。小心谨慎、循规蹈矩、清正平直，是周先生做人的

　　左起依次为周启盈、周翠珍、邓懿、周启博、周一良、周启锐。周一良先生供图（选自《老照片》第 80 辑）

作风，也是他书生一生的本色。

　　周先生的其他的思想行动，可以说都是在他的这种做人的作风之基点上引申出来的。正如他自己所说，"我生性小心谨慎，加之新中国成立后'原罪'思想沉重，认为自己出身剥削阶级，又在举国抗战期间置身国外，对不起人民"，这相当有代表性地表达了那一代知识分子在真诚信仰、努力紧跟的同时，所受到的一种外在的压力。所以，在日常工作中，他"一向兢兢业业，努力改造思想，从来循规蹈矩，按照党的指示办事"。劳动锻炼也积极参加，"新中国成立后我体力劳动增多，已经习惯，而且诚心诚意要求通过劳动锻炼改造思想"。说起来，支配他几十年行动的信条也很简单，就是"服以需要，不讲价钱，作驯服工具"。其实，透过时代的色彩，我们仍然看到那"恂恂儒者"的书生身影。

　　在历次政治运动到来之时，他都"诚心诚意、努力紧跟"，碰到"文化大革命"也是如此。他说："我那时思想很单纯：过去几十年远离革命，如今虽非战争，不应再失时机，而应积极投身革命（即运动），接受锻炼与考验。"这种无可怀疑的革命热情，在不少人身上都经历过。于是"文化大革命"一开始，他就把有"四旧"之嫌的东西烧的烧，砸的砸，一扫而光，其中包括多年保存的师友信札和哈佛大学的博士文凭。就连手上戴了二十八年的结婚戒指，也"是到海淀找师傅锯断的"。在那个年代，怀抱这种思想、采取这种行动的人，岂止周先生一个，在我们身边是见得太多了。"做这些事，一方面是主动要跟着革命，一方面也是被动怕惹麻烦"，这后一方面，可能分量更重，过来人都理解这一点。"文化大革命"中，他到门头沟煤矿下坑道劳动，"当时自己的思想是，我家是开滦煤矿大股东，多年吃剥削矿工的饭，亲自尝尝矿工艰苦而危险的劳动的滋味，是很应该的。所以比在二七厂劳动更带劲一些。以后又随同学'千里拉练'，背着行李每天徒步几十里。那时我已年近六十，在拉练的教师中算年龄最大的"。

作为经历过那个时代的人，我们回过头来看那段历史，完全理解他那要革命的心情，由衷钦佩他那革命的精神，同时也仍然免不了替他那被所谓的"革命"消耗了的时间惋惜：在那样的年代里，他又怎么能去实现他的学术抱负？此外，虽然他的要革命是发自内心，但谁能否认当时社会对"从旧社会过来"的、出身剥削阶级的"资产阶级知识分子"的沉重压力呢？

所以，周先生当时能够说服自己做到两个正确对待（"文革"和自己），既是他的性格在当时条件下的合乎逻辑的体现，也反映着那个时代大多数普通人的信仰状态，更是时代潮流的推动。事实上，两个正确对待是对千百万干部、知识分子的号召要求，而且，不正确对待，就别想"解放"。又有谁愿意永远当黑帮呢？因此，理解的要正确对待，不理解的也得正确对待，在不断地正确对待中加深理解。

林彪事件之后，学校党委根据"革命需要"调周先生等一批教师参加清华、北大两校大批判组，这个批判组是"上头"抓的，主要的任务是"批孔""评法批儒"。"批林批孔"运动是根据毛主席的讲话发展出来的政治部署，近年发表出来的相关文献更加证明了这一点。周先生与北大另外几位老先生，参加的是注释组工作，在历史典故方面为批判组的文章提供学术性的"把关"和咨询。在中央直接领导下工作，为毛主席的伟大战略部署服务，这在当时是一件令人羡慕的光荣的工作，周先生当然也认为"是为毛主席革命路线效力"，换了我们，也必然抱和周先生一样的看法。

尤觉难得的是，在时过境迁的今日，周先生自传中，不回避他曾有的真诚信仰，如实写述了他所经历的人生坎坷，更未忘记随处反省自己的过失，对批评自己的人深加同情地理解。如陈寅恪因对周先生接受马克思主义不谅解而删去江东民族文中奖赞周先生一节，周先生说："我不仅对此毫无怨怼情绪，而且充满理解与同情，毫不因此而改变对陈先生的尊敬与感情。"又如他在自传中提到，在60年代的政治气氛中，在外事活动中"做了些蠢事，失去了一些朋友"；他更对50年代在反美浪潮中批判费正清一事痛加反思，以至把自己在"文革"中被打成"美国特务"说成是"自食其果"。所有这些，无不体现了他"实事求是"和"知人论世"的史家风节，也更增添了我对他的尊敬。

五

晚近十余年来，北大的几位前辈都有自传类的著述出版，引起学界和社会的颇大兴趣。因为北大是"文化大革命"的重灾区，故这些自传中提及的"文革"事迹，往往引人注目。这本属自然，不值得惊怪。但论者的反应中也有个别现象，在我看来不仅十分费解，而且颇觉不能通情达理，故每每有憾于心。我指的是，有些论者对这些老先生经受的坎坷痛苦毫无同情，却根据不实的道听途说横加质疑与苛责。这在我看来即使不是不负责任，也至少是缺乏同情了解的。

"文化大革命"中北大有些老先生如冯友兰先生周一良先生等，在饱受迫害折磨之后，紧跟毛主席的战略部署，参加"批林批孔"，又曾由上级党委决定，参加清华、北大两校大批判组，作历史典故方面的顾问。站在今天来看，此事说开，亦属平常，但在"四人帮"被打倒以后，受到一些论者的不谅解，这些不谅解一方面是出于反对"四人帮"的激情和正义感，另一方面又是起于对具体事实的不了解，而盲目听信流行的谣传。周一良先生曾说："事情放在较长一段流光中来考察，就能较为超然，就能较为公正，就能实事求是，就能通情达理得多。"可是时过境迁，二十多年过去，周一良先生自传《毕竟是书生》出版后，我看了一些评论文字，觉得周先生所期望的四个"就能"并不是那么容易"就能"的。

我在为冯友兰先生所作的小传中曾写了一段:"六十年代后期,先生已年逾古稀,却遭批判、抄家、劳动乃至隔离之厄,痛苦难堪,后以最高指示得以稍缓。时书籍悉为封存,报纸有口号而无消息,激进思潮裹挟一切,群众运动风起云涌。尤可叹者,领袖崇拜靡盖社会,世人鲜不醉于其中;影响所及,先生亦不能免,故曾随顺大众,参加'批林批孔'运动。外间对此不明而竟有疑之者,全不知其中情势皆需身置此特殊时代特殊环境始可了解,岂可以常情而臆议之。"这几句的意思,我以为也适用于周先生和其他老先生。须知,冯先生、周先生当时之参加大批判组,并不是先知其不对而参加之,而是信其正确而参加之。

我们论及那时的事迹,决不能脱离当时绝大多数人共享的"觉悟"水平。回想三十年前,"毛主席的指示""组织上的决定",这些字在人们心中的分量,哪里是今天三四十岁以下的青年所能想象得到的。"批林批孔"是毛主席发动的,以当时绝大多数人的思想来说,只有紧跟的心情,哪有怀疑的余地,在北京高校这样正统的地方尤其是如此。那个时代的人,即使有想不通之处,也多认为是自己未能理解主席的高瞻、中央的远瞩,或主流枝节不同,而尽量使自己努力理解而已。更何况这些世事少知、书生气十足的老教授呢!

前年我在哈佛客座时,与周先生书中提到的关淑庄先生谈心,她也是40年代在哈佛拿到经济学博士,50年代初毅然回国,历

前排左起依次为周一良、邓懿；后排左起依次为三子周启锐之子周展、长子周启乾、周启乾夫人郭蕴静、周启锐夫人黄晓维、周启锐。周一良先生供图（选自《老照片》第80辑）

尽坎坷，"文革"中与大家一样崇信伟大领袖，她到现在也还是无法说清楚为什么那时会有如此的"愚忠"（她自己的用语），而寻求这个问题的答案竟成了她晚年的一大心结。

1979年春，周扬在小说座谈会上见到宗璞，关心地问起冯友兰先生的情况，宗璞说起冯先生因两校大批判组事而被审查的事，周扬立即说："在那种情况下，他怎么看得清。"知人论事，贵能通情达理，周扬的话，我看是"通情达理"的。试想，这些老教授远离上层内幕，对社会对政治的了解与我们普通人并无两样，他们能了解什么，看清什么？而他们受到如许的侮辱和折磨，浪费了他们最富创造力的学术生命期，以至造成对其个人和中国学术的不可弥补的损失，这倒不见有人为之不平和痛惜，却有人就其当年服从组织决定和需要所作的历史典故的事，屡加责疑，这岂止是不通情达理？我看到周先生书中所写的"我充分理解起初人们对'梁效'的同仇敌忾、义愤填膺，又感谢后来这种通情达理、公平正直的温暖"，颇生慨叹，周先生的话当然是发自内心，也是他的书生本色；但这原是组织决定、服从需要，本不是他的责任，他也为此受了两年严厉的审查，而今他还要对别人对他的伤害去表示"充分理解"和"钦敬"，这种委屈，怎么就没有人加以充分理解呢？想想这几十年运动所带给这些老先生学术生命的浪费和伤害，我实在难以理解，何以今天还会有人有心情去责难、伤害这些受害的老先生呢？

跟着时下的某种风气随意指摘过去的人事，是最轻易不过的，也最易流为标榜。而要正确理解历史和历史境况中的人，还是那句老话：必须在当时当地的具体情况下具体分析，庶几才能做到知人论事，通情达理。

（有删改）

写于己卯年春节燕北园

（原载于《读书》1999 年 6 期）

后　记

1988 年我从美国访学回来，汤一介先生要我参加一个宴请，宴请的主客是美国中国历史研究的著名学者魏斐德。参加的约有十人，周一良先生也在座。汤先生在介绍作陪者时，特别介绍我是刚刚从美国回来，从哈佛回来。吃完饭，周先生特别跑过来，跟我说，"你从 Cambrige 回来？杨联陞先生怎么样？"因为在哈佛的时候我和杨先生在燕京二楼他的办公室谈过两次，于是我就简单说了说我了解的杨先生的情况。我以前虽早闻周先生大名，但并不认识周先生，但这次周先生平易亲切的态度给我留下了深刻的印象。

1991 年春夏间，江西同志为了组织国学大师丛书，在北大勺园开了一个座谈会，我坐在周先生旁边。当时我和周先生私语讨论，甲骨学方面台湾的董作宾先生，这里已故的陈梦家先生都应当收入。后来周先生补充发言，把我们的议论提出来，还提出不少其他建议。

我不订报，所以不看报，对报纸上的消息也不闻不问。所以周先生出版了他的自传《毕竟是书生》以及引起的一些谈论，我当时都不知道（那时网络还未流行）。1998年冬天我去香港开会，路过南方，在南方住宿的地方翻看报纸，才看到两篇关于《毕竟是书生》的评论，看后很不以为然。我当时的感觉是，上海的一些知识人，专门跟北京特别是北大的一些八九十岁的老先生过不去，其实是欺负这些无权无势的老书生。回到北京，便到北大旁边的风入松书店去找这本《毕竟是书生》，但没有找到。可能因为这本书已经出版两年了。又去了一两家书店，也未找到。过了一个多月，在北大勺园开北大1999年春节团拜会，我正好和历史系系主任王天有同志坐在一起，我就说起此事。我说，怎么也没人写文章，替我们北大的老先生说说话。我还说，我要是有这书，我就来写个文章。他说周先生的书都送他了，可是这本周先生没送他，所以他也没有。过了两天，友人阎步克打电话，说把周先生的自传放在我的信箱里一本。我当然很高兴，于是就趁春节放假的那几天，把书看完，并且写了一篇万字的文章，题目为《史家本色是书生》。

写好后，先节选了3000多字以"本色是书生"为题交《中华读书报》发表。全文则通过朋友跟《人物》杂志打招呼，

1999 年 7 月，作者与周一良先生摄于朗润园周家

想发表在该杂志上。《人物》的主编说他们没作过周先生，很希望用，但又怕我把重要的部分都先发在《中华读书报》上，所以希望我把文章传过去看看再定。我当时正准备去日本讲学三个月，想赶快把此事定下来，所以在听到《人物》的回话后，当晚就给《读书》杂志的编辑吴彬打了电话，吴彬很干脆，文章就定在《读书》上发表。第二天《人物》杂志又来话了，说发在《人物》上没问题。我说你们昨天一犹豫，我昨晚已经给《读书》了。其实，文章写好后，本来先是想给《读书》的，但想到《读书》的影响太大，在《读书》上发表，引人注目，容易引起争论，所以才想发到《人物》去。《人物》一犹豫，文章当然又回到《读书》。我特别跟吴彬说，文章发的位置可靠后些，不要太起眼，因为这文章是为周先生说话的，不要又引起关注，反而打搅了周先生的清静。吴彬说，没问题，文章发表后，就是再有相反意见的文章也不登了。

文章发表在《读书》6月号，当时我人在日本。回国后，家人告诉我周先生托人带来好几本书，我一看，都是周先生的著作，其中《魏晋南北朝史论集》扉页上写有："大著高屋建瓴，达理通情，无任感佩，小书数册，供陈来同志一笑。一九九九年六月一良左手。"后来听说是托祝总斌先生送来的。《读书》杂志9月号刊登周先生小文《〈毕竟是书生〉中的几点错误》，说"我的自传《毕竟是书生》的个别书评的论点，我是不同意的，当然一笑置之。今日读《读书》6月号陈来先生的书评，觉得高屋建瓴，论证严密，通情达理，深为佩服。……"这是周先生看到《读书》上的拙文，当天给《读书》写的信。看到周先生的满意心情，我觉得很宽慰。

我自己有一种偏见，不喜欢那种闲情逸致的小品文，我主张文虽不必"载道"，但言应当"及义"，现代知识分子应当少一些文人气，多一些文化与道德意识的担当。

杂忆李泽厚

　　第一次买李泽厚的书，是研究生二年级时买了他的《中国近代思想史论》。但因我不是作近代哲学的，所以虽然浏览了主要章节，但重点看了此书的后记，觉得有启发，时间应该是 1979 年秋冬时。那时我天天在北京大学图书馆教员阅览室看书，我座位旁边是西方哲学史的同学丁冬红，她当时在看李泽厚的《批判哲学的批判》，说齐良冀先生建议他们看此书。我那时在邓艾民先生的要求下看过康德的《未来形而上学导论》，但对康德没有发生很大兴趣。而且当时集中作朱子的理气论研究，大部分时间都在作文献考证工作，所以没有读李泽厚这本康德述评。又由于我们的工作是研究中国哲学史，对马克思主义哲学及其理论发展未加关心，所以当时也就未能理解此书的思想意义。

　　1981 年我研究生毕业后留校，因为不用专心学位论文了，思

1996 年 5 月 1 日，作者与李泽厚先生（中）在一起

路慢慢打开，这时李泽厚的《美的历程》出版了。其实，在此以前 1980 年《中国哲学》第二辑也登了李泽厚《魏晋风度》一文，它是《美的历程》的一章，引起大家的关注。1981 年夏冯友兰先生还专门为李泽厚此书的出版写信给他，颇为表扬，登在《中国哲学》第九辑上，这更引起了大家对李泽厚此书的关注。我看过《美的历程》后，对李泽厚的思想识见十分赞佩，对其文字亦很欣赏。研究生同学陈小于说他喜欢庞朴的文字，我说我觉得李泽厚的文字好，只是，因为那几年我集中作考证工作，文字也走古朴一路，所以虽然欣赏李泽厚的文字，但也没有机会学习。何况李泽厚的文字和他的领域与美学和艺术有关，这并不是其他学科的人随便就能仿学的。

1982 年我因报考了张岱年先生的博士生，为了思考如何写博士论文，主要看了三本书，即张世英的《论黑格尔的逻辑学》、汪子嵩的《亚里士多德的本体学说》和李泽厚的《批判哲学的批判》。因为我国此前没有博士论文的样例，所以只能学习想象类似的著作。这一年李泽厚发表了《宋明理学片论》，此文可能受了冯友兰先生写信鼓励他为宋明理学平反的推动，但我当时没有特别注意。这主要是因为，做博士论文需要深入而具体的研究，而不可能是宏观的纲要式的论述。做博士论文期间，我的大量精力都花在如何处理朱子大量的材料上，如何细致分析朱子庞大的学说体系，工夫全都在微观的层面。直到 1985 年春论文基本写成，要拟定提要和写引言时，我才从埋头微观分析中抬头。我重新细读了李泽厚《批判哲学的批判》的内容提要，才觉得找到了适宜的提要写作方式，把博士论文的提要写好。正好这时他的《中国古代思想史论》也刚刚出版，故又仔细看了此书的《宋明理学片论》以及补写部分，所以，我的博士论文引言部分，也受到李泽厚此文的影响，这主要体现在我对其中"伦理的本体"这一观念的吸取。

我第一次见到李泽厚是1983年，当时汤一介先生办了一个汤用彤先生的会，杜维明先生也从美国来参加了。那时我帮忙会务，在北大临湖轩东房坐着，会中李泽厚过来上洗手间，我看到他过来便很兴奋地上去打招呼，他当时穿了一件咖啡色灯芯绒的便装上衣，完全不是学者的严肃派头。再次见到他是1985年春天。在我做博士论文的后期阶段，李泽厚发表了一系列文章，后来都收在《中国古代思想史论》里面，确立了李泽厚在中国思想史研究中的重要地位。1985年春看到他写的《漫述庄禅》，颇受启发，就写了封信给他，既表示景仰，也谈了自己的感想，内容主要是从《美的历程》论李杜，联想到对二程和朱子的对比。

李泽厚论李杜时曾提出，李白所代表的特征是一种还没有确定形式、无可仿效的天才抒发，而杜甫的意义则在于为人提供了可资遵循学习的规范。冯友兰先生因谓道学之于玄学，正犹杜之于李，玄学没有讲清精神境界得来的方法，道学则教人于日用功课中达到这种境界。而我进一步引申，认为其实道学的方法也有不同的特征和意义，无论濂溪的孔颜乐处还是明道的仁学一体境界，个体的直觉领悟正是一种"无确定形式的天才抒发"，朱熹

244

提出的主敬穷理的理性主义才给人以遵循学习的普遍规范，朱熹的出现使得理学中理性主义占了主导地位。以上就是我给李泽厚信的主要内容。我是把他对李杜的形式分析具体应用于宋代理学类型的分析。李泽厚收到我信后让别人带话，约我去他和平里的家谈谈。我去后见有一英国回来的留学生也在，一起谈了一下。我记得李泽厚当时关心的是"你们觉得我应该研究什么"，说明他比较在意别人对他的看法包括期待。

博士毕业后我重回系里教书，此时不再需要集中精力处理论文写作，可以放开眼界留意学界的其他讨论，故细读了马克思的《1844年经济学哲学手稿》，重新阅读了关于异化问题的讨论，对李泽厚关于康德的书也有了新的了解。1985年冬，冯友兰先生90大寿，设宴在海淀鸿宾楼，那天我去得较早，见李泽厚已经到了，我们就聊了一下对刚刚出版的冯先生《中国哲学简史》译本的看法，他认为涂又光的译文近于冯先生的语气，颇加肯定，我当时已经作了冯先生的助手，对他的看法也表示赞同。80年代中后期，李泽厚在文化界的影响达到了空前的地位。

1986—1988年我在美国哈佛大学访学。1989年7月我去夏威夷参加"第六届东西方哲学家会议"，这个会议级别较高。据杜维明先生告诉我，会议筹备提名邀请学者时，杜先生推荐了李泽厚，陈荣捷先生不同意，说："What is his scholarship？"认为其专业研究成就不突出，认为东西方哲学家会议应邀请对各自传统哲学深有研究的代表性学者。陈荣捷先生力主邀请我，因为他了解我的朱子研究与专业贡献。至于我自己，当然觉得李泽厚应比我更有资格参加这样的学术会议，实际受到邀请的还有张岱年先生、冯契先生、汤一介先生，但张、冯两先生都未能成行。

这里涉及的就是宏观纲领和专业研究的关系。其实李泽厚对此早有明白的认知。他在《中国古代思想史论》的后记中说过，这本书都是提纲、是宏观框架，既无考证，又非专题；他说也曾想过编阮籍的年谱、爱读功力深厚具有长久价值的专题著作，但始终没有那样做。他在面对时代的时候选择的是"但为风气不为师"，多是提纲式的思想阐发，而不是专业研究。然而，80年代中期以后，不仅我们首届研究生、博士生先期跻身学术界，1977、1978级的大学生们也陆续走入专业研究，学术性要求对他们越来越突出。此后一代代博士生陆续成长，他们所需要的主要是专业研究的范例，所以进入90年代以后，李泽厚80年代写的书也就自然慢慢淡出了他们的视野，留在他们心中的更多的是李泽厚在80年代的风光的记忆。

综观李泽厚在80年代的地位与影响，我的看法如下：李泽厚在80年代初期的两部书，其康德一书，以主体性观念推动思想进步的意义大于带动学术的进步（学术进步是专业研究的深入拓宽）。惟其思想进步的意义大于学术进步，故影响甚大。同时李泽厚所提供的思想进步具有很强的哲学性，其所推动的思想进步是在马克思主义哲学内部的思想改革，虽然还不是独立的哲学建构，但对哲学界的推动是重要的。《美的历程》除了美文叙述的影响外，突出以美学理论思维驾驭艺术史流变，以新的视野和观念了解中国文化。后来的《中国古代思想史论》是结合了外国哲学和海外思想史研究，在宏观上扩大了看待理解中国哲学思想的理论视野，带来了全新的分析景观；但其意义主要也是观念的启发，而不是研究的范例。这几部书确立了他作为启蒙年代独一无二的青年导师的地位。

1990 年 11 月初，我去友谊医院探望重病住院的冯友兰先生，我到的时候李泽厚和其夫人已经在病房里了，他们也是来探望冯先生的，宗璞先生和蔡仲德先生当然也在。我进去之后，见冯先生张嘴要说话，但不清晰，我就耳朵凑到他嘴边，他说一句我就大声重复一句，给房间里其他人都听见。冯先生先说"中国哲学将来要大放光彩"，又说一句"要注意周易哲学"。冯先生是1990 年 11 月 26 日去世，去世后宗璞先生 1991 年在《读书》发的纪念文章《三松堂断忆》中就述说了冯先生病中说的话："人们常问父亲有什么遗言。他在最后几天有时念及远在异国的儿子钟辽和唯一的孙儿冯岱。他用力气说出的最后的关于哲学的话是'中国哲学将来要大放光彩'，他是这样爱中国、这样爱哲学。当时有李泽厚和陈来在侧。我觉得这句话应该用大字写出来。"冯先生去世后我写了祭文，也曾发表，其中也说到这件事。

此后，应该有两年没见到李泽厚的面，1990 年或 1991 年他去南方走了一趟，听他的学生说，他回来有些诧异地讲"陈来的名誉很不错"。这大概是因为那两年我的朱子研究的两本书都出版了，学界反映都还较好的缘故。再见到他应该是 1992 年秋在哈佛开会的时候。《有无之境——王阳明哲学的精神》一书我记得就是 1992 年秋天在哈佛开会时到他的房间当面送给他的。

1996 年 5 月我去韩国汉城大学参加"第五届亚非哲学会议"，中国大陆的代表是我，中国台湾是黄俊杰，美国邀来的是李泽厚。会议语言是英文，我们只能会下聊天。李泽厚说他会后回北京，我就说我最近出了本书，回北京寄给你。回到北京我就把新出的《古代宗教与伦理》一书寄给他，过了几日他打电话给我，说"书收到了，这应该是一部有影响的书"。当年冬天他的学生告诉我，说李泽厚对你的学术思想很称赞。我猜想这大概和他对我的新书的印象有关，因为我的书从"巫觋文化"论述开始，论述古史文化演进大开大合，与近人很不相同，李泽厚看人重在看格局大小，所以对我的此书较为肯定。当然这是我基于他的学生的话而作的推测，并没有看到他自己的具体言说。

2005 年我写了《有无之境——王阳明哲学的精神》北大出版社新版后记，此文一开始是这样写的：

　　两三年前，有位哲学界的朋友问我，你认为你自己的哪本书或哪几本书写得最好？我当时笑笑说，都不错啊。我这样说，是因为这个问题很难回答。难就难在"写得好"这个提法本身是不太清楚的，它可以指文字写得好，可以指思想体系表达得清晰，也可以指研究的成果达到很高水平。

这件事是这样的，2002年我在香港科技大学任客座教授时，正好遇到老友甘阳结婚，于是应邀携内人去参加其婚礼。在婚宴上，我和李泽厚先生坐在一起。他在席中就问我，"你现在出的书有没有十本？"我说"超过十本了"；他说"不算编的"，我回答"不算编的"。他有点惊讶，因为他当时已经去国十年，虽说也常回国，但已不可能充分了解国内学者的著作出版。然后他问"你认为你自己的哪本书写得最好？"我当时笑笑说"都不错啊"。他又追问一次，我只好说"王阳明那本吧"。他说"我也觉得王阳明这本好"。其实我和他之间对"写得好"有不同理解，后记里面也说了，概括说来，他注重写得好，我注重研究得好。

下边这张照片的珍贵处在于，它正是记录了当时的现场场景，正是李泽厚问我"你认为你自己的哪本书写得最好"，而我说"都不错啊"的那一刻。所以我每次看到这张照片，都会发出会心的微笑。人生中这种有典故的照片是很少有的。

这次我在香港科技大学客座，正好李泽厚在香港城市大学客座，所以大家在这里碰面。这次在港期间我们还通过电话，一次在电话中谈到当时哲学界状况，他说"中国哲学你第一"，当时我没敢接这话。我心想：不说别的地方，就说北大，老先生如张先生、朱先生都在；北大之外，年纪长我们一辈的学者也多有人在，谁敢这么说话。文无第一是古人早说过的道理，尽人皆知，无论哪个学科皆然，李泽厚岂有不知之理。所以，他的这个话只是表

2002 年 2 月，作者和李泽厚先生（左三）在香港

达了他个人的一种眼光、看法，甚至可能反映他对老先生学术的看法。任何人都可以有自己的看法，其本身并不代表公共评价，所以我也并不当真。何况，李泽厚也并不是中国哲学史研究的权威。不过，李泽厚虽然不是中国哲学史研究的权威，但是他眼界甚高，搞中国哲学史的学者确实少有能入其法眼，他说这个话大概就是觉得我的研究还能入其法眼，不过如此而已。李泽厚其实极少称赞别人，所以我把这次他说的话始终看作是哲学界著名前辈的一种难得的表扬和鼓励。其实，这一类的话、类似的意思，在同一时期前后，有位更加德高望重的前辈（李泽厚的一位老师）也讲过，当然都不是公开表达，同样也不能等同公共评价，但这些对我个人来说都是来自学界前辈的难得的肯定，这些表扬和鼓励值得铭记。

我当时没敢接这话的另一个原因是，我当时想，你这么排队，那你如何安置自己的地位呢？大概你认为自己是不属于搞中国哲学的？而我也确实觉得他这样说的时候有自外于中国哲学研究之外的意思。不过当时没有完全反应过来，也就没有马上问他这个问题。这个问题直到几年以后我才在他家里向他问起。2009年秋天，一日董秀玉来电话，说李泽厚从美国回北京来了，希望你去看他。我说好，于是就去他在美术馆附近的新家去看他。见面一开始我就问他，你一直说自己是搞中国思想史的，从来不说是搞中国哲学史的，这是为什么？他回答说，"中国有没有哲学本身还是问题"。可见他确实不认为自己是研究中国哲学史的。他又说"我理解的思想史是对宇宙人生大问题的思考，柏拉图重要还是当时的平民重要？这很清楚"。这应当是针对有些思想史学者反对精英思想史而主张作平民思想史而发的。接着谈了他对国内学术和学人的看法，其中说到"国内有几派，一派是陈来派，继承冯友兰"，还说"你不留在香港是高明的，香港太小太局限"等。大概谈了两小时。应该说，他对国内学术的看法体现了他自己的观察角度。不过，就我来说，不觉得有什么陈来一派，我当时关系还在北大，觉得我就属于北大派而已。另外，我觉得虽然他一直承认他是搞中国思想史的，但在其后期，实质上他更认为自己是超越这些"史"的研究的，是把他自己置于哲学家的位置来指点学术天下的。

2010 至 2011 年，李泽厚出版了《该中国哲学登场了？李泽厚 2010 年谈话录》和《中国哲学如何登场？李泽厚 2011 年谈话录》，但我这一段因为已经转去清华国学院，所以关注点在"国学"，未曾注意到这两本书的出版。2012 年夏在吉林大学开会，听到有学者发言提到这两本书，于是在 2012 年底我请学生帮我买来这两部书，并细读一过。李泽厚在书中说："后现代到德里达，已经到头了，应该是中国哲学登场的时候了，当然还早了一点，但可以提提吧。我先冒喊一声，愿有志者、后来者闻鸡起舞，竞创新思，卓尔成家，走进世界。"照我的理解，这两部书所说的"中国哲学"应该不是泛指当今中国的所有哲学研究系统，而是专指中国传统哲学直接传承的系统。因此，这一关于"中国哲学"登场的呼吁，无疑主要应该看做是对作中国哲学研究的学者的挑战与促进，而吾人必须响应这一呼吁、回应这一挑战，以促进中国哲学当代的发展。于是我立意以仁本体回应李泽厚的情本体，写了《仁学本体论》一书，期以带动中国哲学界的更多响应。如果没有李泽厚的这一推动，我是不可能写出这本书的。

李泽厚在书中也提到我，在《该中国哲学登场了？李泽厚2010年谈话录》书中，他说："在当今中国哲学史的研究领域内，陈来大概是最细致、最有水平的。"（第23页）这个说法和他在香港跟我打电话时说的话意思是一致的。所以与上次一样，我都感谢这位著名哲学家对吾人研究的赞许和肯定。这里必须申明，我在这里引他的话只是因据实叙述而不得不然，绝不是要借他的话来表扬自己。其实，就算李泽厚十几年前说的话（两个最）不是毫无根据的，但学术研究总是不断发展、日新月异，人才辈出、后来居上，今天来说，吾人也早已让位于后来者了。

我的《仁学本体论》中有一节专门讨论李泽厚的情本体，我认为他的情本体论并不是儒家的本体论，儒家的本体论只能是仁体论。此后我又写了《儒学美德论》，其中也有两章涉及他的伦理学思想，我对其两德论有所辨析讨论，而对其人性论的睿见则为之表彰。在研究上，学理所在，不能不辩，这是纯粹学术的研究，并不影响吾人对前辈的尊敬。所以，有关其两德论的一章，在期刊发表时我特地挑了一家不是 C 刊的刊物，目的就是不想造成较大影响。

在我看来，对一个在世的哲学家最大的尊敬就是对他的思想
理论进行严肃的学术研究，从各方面加以分析和反思，在对话和
论辩中深入思考他的命题。

谨以此文纪念李泽厚先生。

写于 2021 年 12 月 20 日，改定于 2022 年 2 月 16 日。

回忆 90 年代与庞朴先生的交往

　　庞朴先生是我国人文学领域的著名学者，也是我个人的良师益友。庞公学问深厚，思考机智，文笔活泼，待人平易和气，从没有大学者的身份感。我认识庞公 30 多年，彼此交谊匪浅，这里仅以 90 年代我与庞公的交往为主，作一点回忆，以纪念庞公的逝世。

　　1994 年，随着美国高官访华，美国学者也终于恢复了和国内学术界的交流。这一年杜维明先生在数年禁足中国大陆之后来访北京，我当时跟他谈了再访美国的事情。1995 年杜维明先生接任哈佛燕京学社社长后，考虑了一个计划，想请庞公和我去哈佛讲课。照这个设想，应该是庞公先去，然后是我去。但当时我有一个问题，就是这次我想带儿子一起去，而我的儿子正在上初中二年级。如果我在庞公后面去美国，正是小儿上初三，他这个时候若和我

255

们一起去美国，对他的中考会有影响，所以理想的安排是在他初二这年和我们去美国，这就不会对他的中考有影响了。我把这个顾虑跟杜先生说了以后，杜先生就和庞公商量，庞公说没有问题，让陈来先去。这是庞公对我的第一次照顾。于是 1997 年 1 月我去哈佛东亚系任客座教授，当时是包弼德任东亚系系主任，同年 10 月我才回国。

1997 年 8 月庞公来到哈佛，当时同在哈佛的社科院美国所的严四光先生打电话给我，说庞公来了，我立即到庞公的房间去看他。当时我们都是住在哈佛燕京学社长租的房子里，在 Garden Street 29 号的一座四层公寓楼里，一楼是哈佛警察局，非常安全。我到庞公的房间，看到他女儿送他一起来，大概他先到西部他女儿那里探亲，然后一起到东部来。我看庞公房间没有电视，就从我房间抱了一台电视给庞公。庞公甚喜，说"陈来对我当然是大力支持"！因为我儿子来美时，他单独住一个房间，我们就给他弄了一台电视，庞公来时，我儿子已经回国，所以我就有一台多余的电视。

庞公来了以后，我们两人就经常一起活动，特别是周末逛 yard sale。因为 80 年代来哈佛，那时中国人没有什么钱，大家都很喜欢逛 yard sale，用很便宜的价钱买一些需要的东西。90 年代再去哈佛，我对 yard sale 的兴趣依然如故。每逢周五晚上我就到附近沿街路边的电线杆子和记事栏上看看广告，记下周末附近 yard sale 的地址，周末我就拿着地图带庞公去逛 yard sale。庞公

庞朴先生和杨向奎先生、赵俪生先生、王仲荦先生等学者在一起

主要是买些小电器，如电话、充电器等。有此习惯后，一到星期六早上庞公就打电话来，催我出去，成为我们在 Cambridge 的一项乐事。

因为住在同一个楼，平时常和庞公聊天，我印象最深的是庞公讲他在"大跃进"时期在农村的一段经历，可惜具体内容我忘记了。我只记得，我当时对庞公说，你应该把这一段经历写出来，让大家具体了解"大跃进"的历史，这非常重要，因为我这一代人就不太了解"大跃进"的具体历史，后人就更不了解了。

快到八月十五了，我就问庞公会不会包饺子，庞公说那还不会，于是我就操办肉馅和菜，在庞公的房间里和面、做馅、擀皮，我和庞公两人一起包饺子，吃饺子喝葡萄酒过节，其乐融融。总之那两个月我和庞公的生活关系很密切。

那时庞公正集中精力作方以智《东西均》的注释，庞公最注重"一分为三"，因为方以智《东西均》书中有圆伊三点，庞公总觉得与"一分为三"有些关系，所以投入其中，乐此不疲。那时庞公做的注释已经进入后期，有一天，他写了一张纸给我，上面列了 20 条左右他在注释《东西均》时不能解决的事项，希望我帮他解决。其中具体的事项我现在也记不清了，我只记得我当时也只能解决其中几项，如"新建"是王阳明等，多数的问题我也不能解决。那时还没有互联网，如果像今天一样方便，庞公也就不用询问他人了。1998 年 4 月，庞公又给我两页纸，上面写："陈来兄：《东西均》已粗注完了，剩下一些钉子户，难以解决，谨抄上难点若干，请便中指点。"下列 20 余条，我仍然大部分帮不上忙，只提了几点，如晦堂是晦堂祖心，海门是周海门，谭子是谭峭而已。

最值得一说的事，在此期间庞公送给我一台笔记本电脑。那时我在家用的是 286 微机，是 1993 年买的。出门旅行当然就无法用电脑了。大家都知道，在北京的学者之中，最懂电脑的一个是庞公，一个是楼宇烈先生。庞公当时在哈佛用的一台笔记本电脑，是他女儿给他的。他女儿那时好像在 AT & T 工作，公司电脑换代，旧的淘汰给员工，就拿给庞公来用了。但庞公来美之后，他女儿又拿来一台，与庞公自己用的那台完全一样，于是庞公就把这台新拿来的送给我。这台电脑的电源有一点问题，我就换了一个电源，开始使用起来。当时我随身带着"嘉靖时代王学讲会"的稿子，这个稿子是我在 1995 年秋至 1996 年春在日本东京大学讲学时写的。从日本回国后，此稿之所以一直未发表，是因为我看到王学讲会多在当时的寺庙中举行，所以想多找一些佛寺志方面的资料来补充。但 1996 年回国后，在北大图书馆一直没有找到我理想的材料，1996 年在台湾"中研院"文哲所开会时我也去"中研院"的图书馆找过，也没有找到我需要的资料。所以这部稿子 1997 年就带到美国来了，我在燕京图书馆倒找到一些可用的资料。有了庞公给我的笔记本电脑，我就把这篇 4 万多字的稿子输入电脑之中，很是高兴。因为从此出国就不怕没有电脑用了。这是庞公对我的第二次照顾。

用这部电脑，1998年我写了郭店楚简《性自命出》的文章，1999年春我在日本关西大学，也是用这部电脑写了《郭店楚简与先秦儒学》《帛书易传与先秦易学的分派》《世纪末中国哲学的挑战》等。但1999年5月当我写完《世纪末中国哲学的挑战》时，电脑突然坏了，回到北京请专业人士看也无法修了。1999年秋我到香港中文大学客座，我就写信让当时还是博士生的彭国翔到系里找人把这个电脑硬盘中的"嘉靖时代王学讲会"的文件复制出来，交给《中国学术》发表。这个庞公送给我的电脑终于完成了它的使命。

说到郭店楚简，庞公和我的合作因缘也值得一提。1998年4月中旬，我和庞公一起参加一个会议，我就问庞公，荆门出土的竹简出版了你知道不知道？庞公说不知道啊？这批楚简是1993年出土的，由考古学、文字学的专家进行整理。陈鼓应先生因为听说这批竹简中有对话体的《老子》，所以也一直关注其出版；并跟美国学者联系，安排了在此书出版后立即在美国达特茅斯学院开学术讨论会。1998年4月中旬此书出版，出版后先对学界保密，只复印若干份给准备5月20日到美国参加会议的学者使用。由于北大哲学系有学者收到复印件，准备到美国开会，我们就知道了这个消息。于是我告诉庞公，听说其中有"五行"，还有一些儒家的典籍资料，你要认识文物出版社的人，想办法弄两本我们先看看。庞公听说其中有"五行"，兴趣立刻来了，说我认识文物出版社的社长，我来办。那时国际儒学联合会成立不久，庞公为国际儒联学术委员会主任。过了几天，庞公找我，说楚简中的儒家部分已经复印了十几份，要发给在京有关学者研究，并且定于5月2日赶在美国会议之前在国际儒联开会研讨。然后他把郭店楚简中的《性自命出篇》复印件拿给我，说"这个最难的给你"。这是庞公对我的第三次照顾。于是我就用那台笔记本电脑，用了几天时间，写成了《荆门郭店竹简〈性自命出篇〉初探》。1998年5月2日在国际儒联会上我宣读了论文，当时会议由庞公主持，大家作了广泛的讨论。时任国际儒联秘书长的姜广辉也对郭店楚简非常有兴趣，于是由庞、姜二位代表国际儒联，在那两年中对郭店楚简的研究做了积极的推动，我作为主要成员自然也参加了儒联主办的关于郭店楚简的不少活动。

　　1999年春天的学期我到日本客座，秋天开始在香港教书，接下的几年中常在香港教书。2002年庞公因意见不合而离任国际儒联，国际儒联曾希望我继任学术委员会主任，我怕引起庞公误会，故未接受。但在郭店楚简方面我们继续合作。2005年庞公移驾山东大学，主办山东大学儒学研究中心，召开研讨会，我去参加了，提的论文是《郭店楚简与儒学人性论》。2005年10月27日，由我主办的北京大学儒学研究中心和庞公的山东大学儒学研究中心共同主办，在北大哲学系召开了"郭店竹简与思孟学派"座谈会，对郭店楚简的发现和对思孟学派研究的推动进行了专题讨论。2006年夏我到哈佛后对这一专题继续做了研究，11月我给庞公写了一个邮件：

庞公：

　　今天收到荀子会议的预备通知，明年8月我应该可以参加。

　　5月来美，暑假写了两篇"五行"的文章，一篇曾交武汉会议宣读，吾公或已闻之。大意在尊著的基础之上，再尝试提出一点新见，即以子思作郭店"五行"为前提，而提出帛书"五行"之说部为孟子所作或以孟子之名流传于当时，换言之，以子思倡之于经、孟子和之于说，来坐实"子思倡之，孟轲和之"。如此，则"思孟五行说"之成立可完全无疑。总之，目前简帛研究与思孟研究，须加入新的推动力，意以此聊备一说，以促进研究之发展也。

　　即颂
道安

　　　　　　　　　　　　　　　　　　陈来

庞公回我：

陈兄，您好！

　　五行大作，可否在简帛网上发一下，以为小网壮威。如无不便，即烦寄 webmaster@jianbo.org

　　敬礼！

　　　　　　　　　　　　　　　　　弟庞朴 11.25.

从哈佛回国后，2007 年 8 月即到山东开荀子会，也去看了庞公的新办公室，但此后庞公身体渐差，行路亦有困难，与庞公再不能像 90 年代那样有密切的往来了。

　　仅以此小文纪念庞公。

庞朴先生逝世一周年追思会议发言

　　庞公去世以后我写了一个小文章，在《文史知识》上发表了。其实那个文章我在庞公刚去世后就写了，没有急着发表，想看看山东大学或是哪儿是不是要编个论文集，一起集中地来纪念庞朴先生。后来我也没有收到邀稿信，就先独自发表了，主要就是谈谈90年代与庞公的一些交往。

　　今天上午不是有同志说庞公"独学无友"吗，我想可能庞公从个人学术渊源来讲，不像我们这样的，在大学里念研究生时有导师，但其实庞先生跟一些老师辈的关系还是很密切的，我看庞先生跟张岱年先生的关系就不一般。大家可能没注意，就是张先生去世了以后我编了一本叫《不息集》，庞先生就有一篇文章，就是讲1976年的事。庞公不是1976年到的北京吗？说张先生到他住的地方去看他，当然这是他先去看张先生，张先生就回拜他。还有，1979年的时候我参

264

加了一个会，具体什么会我现在记不清了，有可能是中国哲学史学会刚成立回到北京开的一个座谈会。座谈会上张先生先讲话，讲话以后就让大家发言。一开始没有人马上说"我说"，就有那么一两分钟没有人发言，于是张先生就点名："庞朴，你说吧。"可见张先生跟庞朴比较熟，也比较信任他。也可以说那个时候张先生对庞朴此前发表的文章比较欣赏，我相信还不是孔子的那篇文章，应该是他讨论五行的文章，张先生比较欣赏。张先生是 2004 年去世，2005 年因为买了墓园，有雕塑家给立了像，骨灰安放仪式就在那里。当时像我们这样的门弟子肯定在场，包括羊涤生等，还有谁呢？就是庞朴先生。照相的时候，张先生的铜像在中间，我在左首，庞先生在右首，这么照的相。可见庞先生跟一些老一辈的先生其实也有很密切的关系，如果没有这样的关系也不会找庞先生去，庞先生也不会去，就跟我们作弟子是一样的。所以我想提供这样一个信息。

我要讲的一个什么主要的问题呢？就是 80 年代庞先生的作用。我想把这个问题提得更加具体一点，庞先生不仅是 80 年代中国文化史研究的一个引领者。他在文化讨论方面的角色，大家只是说他是一个文化讨论的推动者，我觉得这个定位还不是特别明晰，我的界定是：他是儒家文化价值的先觉者。"文化热"大概从 1984 年开始。像中国文化书院是汤一介先生、庞朴先生和李泽厚先生做的。中国文化书院在"文化热"中扮演很重要的角色，以前是我最先写的文章，把《走向未来》《文化中国与世界》与中国文化书院放在一起，我把《走向未来》叫做主张科学精神，

1999 年，作者与庞朴先生在八达岭

把《文化中国与世界》叫做突出文化意识，中国文化书院就是关注传统。但实际上呢，大家都知道，中国文化书院里各个学者的文化观念是不一样的。比方说李泽厚先生和汤一介先生，那时候他们的主要观念，我觉得是比较靠近启蒙一路的，或者叫做思想文化的现代化，而不是对儒家文化价值有同情的了解。庞先生的角色和思想则是偏于同情了解的，但是这不是文化书院全体的倾向，文化书院里还有老包呢。庞先生是在最这边，像老包是在最那边的，后来汤一介先生讲过，他说在文化书院内部，庞朴是保守的，老包他们是激进的。所以从这话可以看出来，在文化书院里，庞先生的立场，是我们大家现在比较都接受的，就是对儒家文化意义价值比较有同情的了解。这在那个时候应该还是非常少的。当然到了80年代后期这样的人慢慢多起来。

庞先生的文化主张也经历了一个转变。这个转变什么时候开始的呢？我认为这应该是在1985年，要说这个转变，先得说前面。前面就是办《中国哲学》初期那段，广辉应该也了解，我看他也讲了。《中国哲学》那一段是庞公、楼宇烈、老包几位先生，他们是主要推动者。其实这个推动，就像黎澍、丁伟志他们办《历史研究》，办《中国社会科学》，这些刊物当然是有学术性，但是就他们的理念来说，是要贴近改革开放的，是跟着党内改革派的思路走的。庞公、楼宇烈和老包，他们那个时候办的《中国哲学》，后面有个宗旨，就是改革开放。那个时候针对的对象是中国哲学界内仍然坚持两个对子、两军对战，是针对那个的。那时候的斗争还是蛮激烈的。1979 年开夏季讨论会，《中国哲学史研究》召开的，不同的观点交锋，斗争还是很激烈的，思想的转变还是需要一个过程。我记得 1980 年的时候，大概是 9 月 15 日，在民族宫开的《中国哲学》讨论会，上午是李洪林代表中宣部讲话，意思说有党中央在，你们才能在这开会，讲改革开放的话。可见那个时候，《中国哲学》虽然是一个非常学术化的刊物，水平非常高，但是就他们推动刊物的目的来讲，是开放、改革，那个时候还没有"保守"的声音。庞公后来到了文化书院却是扮演了"保守"的角色。前面一段是改革开放，于是后来就跟一些老先生也发生了一些观念上的冲突，尤其是老包，老包比较激进，我们张先生是很不满意的，也是当面批评了他，那个时候还有一些老先生也是不满意的。但是到了 1984 年以后这个慢慢地化解了，好像大家都步伐整齐地一起都走向改革开放了，也不讲这些事了。庞公当时就是属于开放的群体之一，所以我就说 80 年代早期，虽然庞公写了孔子的文章，还是奉命写的，但总体来讲，这个阶段庞公是一个开放派、改革派，是以这么一个姿态进入整个思想文化领域。但是到了庞公接受教科文的工作，1984 年去了美国，应该是当年下半学期去的，1985 年上半学期回来，我觉得这段历程其实对他是有作用的。当然也不是每一个到美国的人一定都会有改变，但是我觉得这个过程，从参加教科文的工作再到美国的这段工作，对庞公的文化观有影响。顺便讲一句，我 1986 年不是要去美国吗，5 月份杜维明先生给我打了电报，说鲁斯基金同意你去哈佛访学。我就回过头来打听，谁用鲁斯基金去过，说庞公去过，田余庆先生去过，他们都是在美国西部。我就赶紧跑庞公家去请教。庞公说，原来以为去个半年一年英文就拿下来了，结果去了一看，完全不是那么回事，后来放弃了，说有几个月到处跑，因为英文不是那么容易的。这个对我有一定的影响，所以我去哈佛的时候，我是1986年去的，1988年回来，我到美国时也弄了英文，但是没有把英文作为一个主要的事，就是吸收了庞公的观点。当然我也没有像庞公那样到处跑，我是钻在哈佛燕京图书馆实实在在看书。为什么呢？因为那时候我们跟港台还是隔绝的，大陆根本看不到港台的书，我们好几十年港台的书都没有看过，我想得利用两年的时间在哈佛燕京图书馆把这些书好好看看。当然，早知道到1988年两岸就开放了，我就不用那么死看书，也可以到处转转。所以，就是那两年，我在哈佛燕京图书馆使劲看过去几十年他们的书。当然当时田余庆先生家我也去过，这里我想回应早上有人讲的，就是我觉得把庞公说成好像是一个信息很不开放、什么事都闷在里头的人，我觉得这个不全面。因为每个人都有自己内心的事情，每个人也都有闷的一面，而且人与人的交情也不一样，你和人家交情也不深，对你也不了解，哪能说把所有的话跟你说一遍？不可能。庞公是我接触的学者里面笑容最多的，很多也是开心的笑，大家回想看看，是不是这样？我到田余庆先生那里，田余庆先生话很少，非常严肃，不苟言笑，和在庞公那儿完全不同。庞公是谈笑风生地跟我讲了在美国的那些事，田先生则非常严肃，没有多少话。当然人的性格不同，我就是回应早上的一个讨论，对庞公的刻画不是很全面。

庞先生在这一阶段，从参加教科文到美国回来有一个转变，这个转变从理论上来讲，我觉得就是他找到了一个新的讲法，新的讲法就是"儒家人文主义"。用儒家人文主义的概念，概括这时候他对儒学价值的"平议"，平议就是平实的、有同情的了解。因为在 80 年代初，像 1980 年，刚改革开放的时候，大部分人对儒学的态度还是批判的，把儒家当作封建主义的意识形态，用这个作为一个主要的刻画，不讲学术的研究。从思想理论上来讲，把它更多地当作封建主义，包括我们任先生也是，任先生之所以要讲儒学是宗教，宗教在这里不是好的意思，它是不好的意思，是说儒家是宗教，所以儒家不好。为什么要这么讲呢？就是因为"文革"后，1980 年中共中央政治局做了决定要反对封建主义。当时大家反思"文革"，认为有一个反封建的任务，而要完成这个反封建的任务就是要批判儒家，把儒家从宗教的角度去批判。反封建是当时启蒙思潮的一个主要的运动。但是庞先生从参加教科文到从美国回来，我觉得他已经转过来了，他不是用这个，他是用人文主义、中国人文主义、儒家人文主义，用这个在理论上讲他对儒家的了解。其次，就是早上大家提到的民族性，文化的民族性。大多数的人那时候主要是讲文化的现代性，就是我刚才讲的，包括文化书院多数人，是强调思想文化的现代化，认为光有四个现代化还不够，还要有思想文化的现代化，是强调这个。谁讲文化的民族性呢？我觉得还是庞公，庞公在 80 年代中期就开始讲这个，所以在这个意义上讲，我认为庞公是在 1985 年这个时期形成他的观点。应该说在当时，在这几个比较有影响的学者里面，庞公就是先觉者。就是对我们怎么全面看儒家文化、怎么了解儒家文化的价值和意义，庞公就是先觉者，当然在这以后这方面的人慢慢地多了。我觉得这是我要补充前面的。

最后再讲一个小的故事。就是 1995 年我和庞公受杜先生的邀请到夏威夷大学开会，庞公那个时候就已经开始用笔记本了。那天晚上我正和庞公聊天，有人敲门，我一看，是成中英，拿着他的笔记本来了，让庞公给他修他那个电脑，他怎么知道庞公可以帮他修电脑呢？应该也是听说庞公有这个本事。他是在美国买的电脑，里面的软件应该都是美国的东西。庞公就帮他弄，这个线接那个线，反正后来就帮他搞好了。庞公还真是能下功夫，下我们别人下不了的功夫。因为 90 年代刚用电脑的时候，是用 dos 命令，dos 命令都是一个一个背的，不像今天有鼠标。这些命令庞公脑子都可以记住，我们根本记不住。1997 年夏天我们在哈佛，庞公就送给我一个笔记本电脑，是他女儿新给他的，所以我那个时候就已经有笔记本电脑可用了。我要说什么呢，就是那个时候庞公已经用了一阵子笔记本电脑，庞公的电脑那个时候已经有《十三经》的软件，就是可以检索的软件。庞公是很先进的。因为我跟广辉 1992 年到台湾"中央研究院"的时候，那时只有傅斯年图书馆里面能检索，那个机器非常大，可是没几年庞公的小电脑里已经有了，不知道他是怎么就有了那个东西。过了一年，1998 年我们做

271

简帛的时候，庞公上手就比别人都快。工欲善其事，必先利其器，庞公对电子资源已经开始掌握了，当然那个时候因为没有互联网，与今天还是有差别的，现在有了互联网就方便更多。比方在哈佛的时候庞先生写了一张纸给我，说他做《东西均》碰到了几个问题，让我看看。我当然也只能解决三四个问题，其他就完全不知道怎么办，现在百度上一搜索就出来了，时代在变化，庞先生他是始终能跟上时代的。

怀辛公

    辛冠洁先生，自他在"文革"后任职哲学所以来，学者都称他为辛公，我自然也不例外。我最早听闻其名，是 20 世纪 70 年代末，从和张岱年先生的谈话中知晓的。70 年代末至 80 年代初，他是中国社会科学院哲学所中国哲学史方面的领导，张先生是中国哲学史学会的会长，都负有指导、推动中国哲学史学术发展的责任，所以这个时期他和张先生的联系还是比较多的。他以老干部的身份来哲学所工作，需要依靠张先生这样德高望重的老先生一起合作，推动全国中国哲学史研究事业的发展。张先生也支持他利用自己的能力和资源推动全国中国哲学史学科的事业发展。

    先说说辛公的学术功绩。打倒"四人帮"以后，他出任中国社会科学院哲学所中国哲学史研究室主任。他早年在抗日战争初期参加革命，后长期在山东分局的《大众日报》从事新闻及编辑等工作，解放初任《大众日报》总编辑。50年代中期辛公从越南回国后，在国务院外事办公室工作，任港澳小组组长。60年代被错误投入监狱，"文革"结束出狱后分配到哲学所工作。原来在山东分局、《大众日报》和他一起工作的同志，新中国成立后多在中央和国家宣传、新闻、出版部门工作并担任领导，这就成为辛公复出后在中国哲学史领域大力推动学术出版的有利条件和助缘。辛公积极利用这些条件和助缘，积极领导并促成了几件大事。

第一，创办中国哲学史学会刊物《中国哲学史研究》（后改名为《中国哲学史》），由他任主编。这份刊物四十多年来一直是中国哲学史领域最重要的学术刊物，为本学科的研究、论文发表，提供了基本平台。辛公的创办之功，实不可没。

第二，主持编辑《中国古代著名哲学家评传》系列十二卷，团结、调动当时老中青学者，通过这种评传项目，集聚研究成果，深化扩大研究者的领域，为中国哲学史研究在改革开放初期的全面铺展和断代布局，提供了有出版保证的平台。

第三，80年代初参与主编《中国大百科全书·哲学卷》，在张岱年先生的支持下，领导该卷中国哲学史编写组进行撰写。该卷中国哲学史内容很广泛，包括概论、先秦、秦汉、魏晋南北朝、隋唐五代、宋元明清、近代等，填补了中国百科全书的空白。撰写大百科全书条目的工作和《中国古代著名哲学家评传》系列的撰写基本平行，在当时都发挥了促进学术纵深分布的作用，推动了学科体系的完整形成。

第四，主编"中国哲学史丛书"和"中国传统思想研究丛书"，分别在湖北人民出版社和齐鲁书社出版。本领域许多学者的第一本书都是在这两套丛书中出版的，如汤一介、余敦康、牟钟鉴等。80—90年代学术出版特别困难，为满足了当时中国哲学史学界中青年学者急迫的出版需求，这两套丛书作出了最重要贡献。

第五，在谷牧、匡亚明的领导下，参与创办了中国孔子基金会，通过举办学术讨论会和各种活动，广泛建立了海外联系，有力推进了儒家思想文化的研究和普及；创办《孔子研究》杂志，为此后几十年儒学研究确立了稳定的成果发表的阵地。依靠孔子基金会的支持，借助朱伯崑先生的谋划，集聚了中国社科院学者为主的作者队伍，主持编辑完成《中国儒学百科全书》，这也是儒学研究的一项重要建设。

第六，在谷牧的领导下，以孔子基金会的广泛对外联系为基础，负责完成了国际儒学联合会的筹办各项工作。为此后国际儒联工作的展开，奠定了组织基础。儒联正式成立后他功成身退，转身为"京城第一收藏家"，做了不少与其收藏有关的研究。就学术界的学术发展而言，学者当然是主体，但学术的发展也离不开学术刊物、学术组织、学术活动。辛公并不是一个一般的学者，作为卓越的学术活动组织者和杰出的学术出版领导者，他对打倒"四人帮"以后二十年的中国哲学史领域的学术发展，对这一领域的事业发展，作出了重大的贡献，这不是一般的学者所能相比的。在上述六个方面的活动中，他展现了出色的组织能力和处理多方面关系的能力，也展现了他投身中国哲学史事业的热情和奉献精神。这些都应当给以实事求是的评价。

在70年代末80年代初，有些同志对辛公的正统观念有所不满，这些也应当放在历史中多方面地看待。当时一些中年学者反对"左"的教条主义，要求突破传统意识形态的教条束缚，追求学术的开放和思想的解放。而辛公作为一位老革命，他在思想上的行进速度与这一部分中年学者自然有速差，这也是正常的，可以理解的。人们常举出1981年杭州全国宋明理学会为例子，因为在这个会上辛公曾主持对会议中一些观点进行批评，这当然引起了一些不满。不过，有一点也值得一提，这个会本来中国社科院的领导是不同意开的，于是辛公找了曾在山东工作过的浙江省委领导，开成了这次大会。我想，由于有这样的背景，所以他比较重视这个会要开好、不要出问题，以免被中国社科院领导责怪。从这个方面看，他在会上的一些作为在一定程度上也就可以理解了。这次大会是一次十分重要的会议，冯友兰先生、张岱年先生、贺麟先生和美国以及其他国家的学者济济一堂，在学术史上值得记下一笔。开成这个会，辛公也是功不可没的。

我与辛公近距离接触始自1985年。这一年日本筑波大学的高桥进主办第八届国际退溪学会议，这个会中国有十数人受邀参加。在北京受邀的有中国社科院和北大、人大等校的学者，京外有复旦、中山、厦大等校的学者。社科院学者由辛公带队，教育部学校的学者由潘富恩带队，而北京学者的签证由辛公牵头。一次因

1985 年，作者与辛公（左一）、冈田武彦（中）在日本筑波大学

签证材料的事我要去辛公家，正好前两天我骑车带陈西没注意，把他的腿弄伤了。他上不了幼儿园，家里又没别人，我只好抱着他乘公共汽车去辛公家。当时冯增铨和一位新加坡的朋友也在辛家，还一起照了相。这次去日本，除了辛公，我们都没有出过国，所以一路多听从辛公的意见指导。这次日本之行，也留下了不少和辛公一起的照片。回国后，辛公曾邀我们一同赴日的几位在六国饭店吃饭。六国饭店我从未去过，其中的菜品也有几样没有吃过，而辛公50年代后期就开始在外事部门工作，出入这种饭店是常事。他复出以后，常在六国饭店请客。次年1986年夏在曲阜开会，住在曲阜的阙里宾舍。我当时对这个宾馆的印象甚佳，觉得和在日本住的宾馆不相上下，为中国在曲阜这样的地方有这样的宾馆颇感自豪。这个会是1987年的国际儒学讨论会的筹备会，而国际儒学讨论会是谷牧和李光耀合作的计划之一。这次筹备会辛公是中方的负责人，他带着哲学所几个先生参加，我代表北大，还有几个同志，新加坡也来了几位。会议的文字文件都是我负责的，新加坡的刘慧霞博士对我的文字工作速度非常称赞。不过，这次会留下的也不都是愉快的记忆。辛公带的两位哲学所的先生，筹备工作消极参加，私下却闲议论说怪话。有一次被我听到，居然扯上我上一年去辛公家交材料的事，说"陈来把孩子都带到辛公家去了"。他们大概看到我和辛公、冯增铨的照片，认为我带着孩子去辛公家是为了拉什么关系，这真是无聊可笑之极。大概他们认为辛公是有资源的，但他们不能容忍他们以外的人接近辛公沾

2011 年作者和夫人杨颖和辛公及其家人在一起

了这些资源的便宜。也因此，我下决心此后不再参加辛公主持的这类工作，远离这些人。此后，我也确实没有再参加过辛公主持的事。当然，我还会偶尔到辛公家坐坐，因为他家离我岳父家很近，我会去岳父家时偶尔顺便看下辛公，但我从来没有请求辛公帮忙，如出书之类，我也不需要。再往后我岳父家搬到另处，我也就不再用此顺便了。然而，辛公却有想起我的时候，九几年的一天忽然接到辛公的信，说很想念你，"你的形象经常在我脑海里游泳"。

直到我转到清华之后，有一天忽接到辛公的电话，说很想念我。于是我就去他家看他，此时他已经搬到朝阳公园这边。这以后，和辛公的往来又多了起来。他带我和我爱人到一位著名画家家中做客观览，还请这位画家给我们画了一幅小画，此后我们也参加了这位画家的几次活动，常常与辛公相遇。

2011年冬清华国学院举办纪念王国维音乐会，他亲自到场参加。由于我和辛公有位共同的友人自办"乐道塾"，故而多年来也常一起参加这位朋友及"乐道塾"的一些活动。十年来，大约每年见两次面。他还送给我一部他的著作《陈介祺藏镜》。他直到老年仍记忆力奇好，几年前我从他书架上借了一本李作鹏的回忆录，几个星期后他就打电话给我，要我还这本书给他。

另一可提的是，他老两口都很喜欢和我爱人说话，每次我打电话要去看他，他都要问，"杨颖同志来不来？"我们到他家，聊天聊到一半，他夫人就催辛公"赶快给杨颖写个字"！我们每次去他家，都会被他留饭。他90岁以后身体很好，食量也大，他老说"我的饭量像个壮汉"！他自信能活 120 岁。

辛公自 50 年代在陈老总和廖公的领导下工作，见过大世面，因此他与人打交道说话，是很大气的，与一般人是不同的，这是我认识他以后一直都有的感受。

最后一次见他，是 2022 年 4 月，在他住进医院之前，我和友人一起去他家里看望。离开他家，我就想，这大概是最后一次跟他的见面了。

撰于 2022 年 12 月 10 日

追怀张世英先生

我最早知道张世英先生的名字，是在"文革"中的 1973 年，当年秋天一期《红旗》杂志上登有张世英先生的一篇文章，文章的具体内容我忘记了，好像是作为读者来信，其中有一句话，说"我是搞哲学史的"。不知道为什么，这句话给我印象很深。其实，那时我的专业是地质，与哲学没有关系，与哲学史更没有半分关系，可是这句话就莫名其妙地清楚埋进了我的脑海中。后来，我真的走进了哲学史的行当，一发不可收，追根溯源，张世英先生的这句话，好像命中注定地给了我某种导引。

1978 年我如愿考取北京大学哲学系中国哲学史专业研究生。在准备考试时，中国哲学史方面我用的是任继愈主编的《中国哲学史简编》；欧洲哲学史方面我用的是商务印书馆 1977 年出版的北大编写组编的《欧洲哲学史》，是比较厚的一本；但我也买了一本比较薄的《欧洲哲学史简编》，是汪子嵩、张世英、任华编著，与厚的一本对照阅读，这加深了我对张世英先生的印象。秋天入学，我先到陈葆华老师家聊聊学校和系里的情况，她是我母亲的表妹，50年代初进入北大历史系学习，毕业后分在哲学系工作。她跟我说了北大的一些情况，其中特别说到，有些老先生，像周一良、张世英其实跟"梁效"没有什么关系，应该早予解脱。按理说，在北大，这两位先生要和冯友兰先生比不算是"老先生"，就和张岱年先生比也还不算"老先生"，但陈葆华老师这么一说，反映了哲学系老师对张世英先生的看法，也提高了张世英先生在我心目中的地位。

1979年秋天，我选定了朱熹作为研究生论文的对象。我记得这一年冬天，有一天吃完晚饭，我按在系里查到的地址，去张世英先生家请教。那时张世英先生住中关园平房，我去时他们全家还在吃饭。想来在北大，学生到老师家请教问题这种情形也属常见，所以张师母和其他人都没有任何反应，照常吃饭。我主要请问张世英先生，朱熹的哲学和西方哲学史上哪个哲学家的哲学较为接近。我们那时知道张世英先生是黑格尔专家，以为张世英先生会说朱熹的哲学与黑格尔的哲学接近，没想到张世英先生说，朱熹的哲学还是跟柏拉图接近，而不是跟黑格尔接近。这就给了我一个定论，一个方向性的指示。因为那时报纸上就有用黑格尔的精神哲学比较朱熹理学的文章，经张世英先生这么一说，我写论文就不会再往黑格尔那边去花费力气了。

大约是 1980 年春季学期，张世英先生给哲学系学生作讲座，题目我已经忘记了，但重点我记得很清楚，讲黑格尔哲学中纯概念和自然界的关系，是逻辑上在先，不是时间上在先。而这正是我们在处理朱熹哲学理气观中要面对的关键问题。与任继愈先生主编的《中国哲学史》不同，也与当时其他院校所讲的不同，1977 年北京大学哲学系当时的中国哲学史教材，虽然是以 1972 年在“文革”中写的文本为基础，但对朱熹哲学的分析，是沿用冯友兰先生 30 年代《中国哲学史》的讲法，认为朱熹哲学中的理在气先，不是时间上在先，而是逻辑上在先。而经张世英先生这么一讲，我们也就清楚理解了所谓“逻辑在先”理论分析的由来。张世英先生的讲座，很有条理，也非常清楚，我当时感到他是我们北大哲学系讲课最有水平的老师之一。

　　1981 年我研究生毕业留校，应该说，在后来的十几年中，我没有再跟张世英先生有多少直接接触。1995 年春天我曾在《东方》杂志上写了一篇文章——《90 年代步履维艰的国学研究》，对当时文化界对“国学”的种种质疑，给予了较为全面的回应。结果有一天在系里开会，忘记是什么会了，张世英先生见到我，对我说，“你的文章是批评某某的。”他指的就是《东方》上的这篇文章。我大为吃惊，首先，我没想到张世英先生会关注这份新的思想文化刊物（后来知道张世英先生的学生参与这个刊物的编辑）；其次，更没有想到他认为我的此篇文章是批评某先生的。我的文章对多方面意见做了回应，其中也隐含了对某先生说法的辨析，但并非专对某先生的批评。虽然如此，张世英先生的这一解读，却也使我深感这老先生眼光的独到和理解的智慧。而且，我觉得张世英先生对我说出他的这种理解，也不是对我文章的批评，所以我只是笑笑，未细加解释。1998 年，张世英先生的《北窗呓语》出版，在北大开座谈会，我记得张岱年先生、人民出版社的薛德震社长也都来参加，我也被邀参加。我不知道我为何被邀请，只记得我在会上的发言中说了我对张世英先生的印象："张先生是很有智慧的人。"我相信，这句话给张世英先生留下了印象，此后张世英先生见到我，总是亲切地跟我打招呼。接下来几年里，我记得有一次在中国文化书院每年的例行祝寿会上也见过他，可能是他八十岁的那年，还一起照了照片。

再一说，就是我转到清华国学院以后了。与在北大一样，张先生凡有活动，总会叫我参加。我觉得，张先生和我之间有一种忘年的相知和信任。2013 年 12 月我在北大受邀参加张世英先生新书发布会，并做了发言。我已经记不得我发言的具体内容了，我只记得，我到会场跟张世英先生见面握手，他笑着对我说"你现在是国学大师了"。2016 年 5 月我受邀在北大中关新园参加张世英先生九十寿辰庆祝会，我进门后在大厅见到张世英先生，他握着我的手，一直把我拉到会场，我在会上也做了发言。2017 年 12 月 26 日北京大学教育基金会举办"张世英美学哲学学术奖"首届颁奖仪式，我领取了首届张世英哲学学术奖，郝平书记、张世英先生都参加了仪式。

我在仪式上发表了获奖感言如下：

尊敬的张世英先生、郝平书记、叶朗先生，
尊敬的张世英美学哲学学术奖励基金学术委员会、北京大学
教育基金会，
各位女士们、先生们，各位学者，各位朋友：

　　在北京大学设立的张世英美学哲学学术奖，是我国第一个涵盖哲学全领域的学术奖，在此以前，我国还没有一个全国性的专业的哲学奖项，这与哲学学科在我国哲学社会科学领域所占的重要地位很不相称。

　　北京大学哲学系是中国最早的大学哲学系，百年来中国哲学的发展历史也表明，北京大学哲学系是现代中国大学最重要的哲学系，因此现代中国学术的第一个哲学奖，也是迄今为止当代中国最重要的哲学奖在北京大学设立，是理所当然的，具有代表性的标识意义。

　　张世英先生是我国西方哲学研究的领军人物，在德国古典哲学、中西比较哲学诸领域具有卓越的理论造诣和学术贡献，张先生在经历了数十年风雨历程之后于晚年确立了自己的哲学体系，值得大力表彰。他的学术追求和成就真正体现了北大哲学系的精神传统，以他的名字命名这一重要的哲学奖项，对于北大哲学系珍视和发扬自己的传统，对于全国哲学领域的哲学史研究与哲学理论发展，具有重要的引领意义。

2017 年 12 月，作者领取"张世英美学哲学学术奖"时和张世英先生及相关领导合影

我个人在 70 年代末研究生时代即曾受教于张世英先生，90 年代以来我多次参加过张世英先生著作的发布会，在理论和思想上受到张先生学术的恩惠，也始终保持着对张先生的高度智慧的特别尊重。特别是，我自己的哲学写作，也是在吸取了张世英先生等现代哲学家的思想基础上所开展的。因此，有幸获得首届张世英美学哲学奖，对我个人而言，是感到非常荣幸和亲切的。

为此，我要向设立这个奖项的北京大学、北京大学美学与美育研究中心、中国泛海公益基金会，对奖项评委会及各位评委给予我个人这一厚爱，表达我个人深切的感恩和致谢！

我在感言中说，获得此奖，"对我个人而言，是感到非常荣幸和亲切的"。这是我真实的感情，多年以来，张世英先生对我总是十分亲切的，我觉得"亲切"二字最能形容张世英先生和我的关系。我相信，对张世英先生而言，以他的名字命名的首届哲学奖颁发给我，他的内心也是欣慰的。

2014 年，我在三联书店出版了《仁学本体论》，书的扉页是国学大师饶宗颐先生题写的书名，我请饶先生题名时他年高 97 岁。2018 年我在三联书店出版了《儒学美德论》，出版前我想到了书名的题写，当年张世英先生也是 97 岁，于是我就想请张世英先生为我的新书题写书名，来沾沾百岁哲学家的福气。我给张世英先生的公子张晓崧写了微信，寄了饶公题名的照片，说："这是我上本书请饶宗颐先生题写的书名，下本定名为新原德，讲伦理学的，

2017 年 12 月，作者与张世英先生在北京大学

请张先生没事时为我题写。"他回信"好的，放心"。过了半个月，他把张先生写好的书名"新原德 张世英题"拍照片用微信发给我。又过了两周，2018年2月1日我携内人去张世英先生家拜访，去取他为我的新书题写的书名。作为西南联大的老学生，张世英先生问我："你的书名是学冯友兰的书名？"我说是，他说："在西南联大，我最佩服的就是冯友兰。"他说，冯友兰讲课既清楚，又合理，他的《中国哲学史》是理论性最强的。我们与张世英先生愉快地谈了一个多小时，才告辞。

《儒学美德论》2019年秋出版后，我就想把书亲自送给张世英先生，由于当年10月我出访爱沙尼亚塔林、俄罗斯圣彼得堡、莫斯科、新西伯利亚等地，12月又出访卡塔尔、科威特、阿联酋等国，中间参加中国哲学史学会年会、国际儒联第六届大会等，活动安排太密集，我就想等过年再去看望张先生。没想到，过年前新冠肺炎开始流行，老年人属高危群体，一时间也不敢去看望他，更没想到他老先生在夏天刚过就走了。

2016年我在张世英先生祝寿会上说过，同为湖北人的余敦康先生在他80岁祝寿会上曾不无愤懑地追问，为什么我不是一个哲学家？不少与余先生同时代的哲学学者，往往都把这归因为时代和环境，归因于政治、文化的时代环境限制。张世英先生比余先生大将近十岁，经历过的困难时代更多，却在晚年完成了自己的哲学体系，即万有相通和美在自由的哲学。这个例子最有力地证明，大家经历的时代环境是一样的，能够成为哲学家，具有哲学的智慧毕竟是最重要的。

张世英先生是 50 年代以来真正代表了北大哲学精神和传统的哲学家，他的哲学家的一生值得我们永远追念。

2020 年 12 月 31 日

新原德

张世英 题

张世英先生为《儒学美德论》题的"新原德"